さよなら、灰色の世界

丸井とまと

STARTS
スターツ出版株式会社

私は灰色に染まってしまった。
周りの目が気になって、同調して、のみ込んで、愛想笑いを繰り返す。
そうして私の色は、他人の色と混ざって灰色に濁《にご》っていく。

強い意志を持つ赤色や、人前に立つのが得意な橙色。
明るく社交的な黄色に、穏やかな緑色。
鮮やかな個性を纏《まと》う人たちが羨《うらや》ましかった。

だけど、人はなに色にでもなれるし、なに色でいてもいい。
たとえ目立つ個性ではないとしても、私は好きな色を纏う自分でいたい。

目次

さよなら、灰色の世界

一章

「楓《かえで》はどれがいい？」

問いかけられて、視線を上げる。美来《みく》が袋からなにかを取り出して、机に並べた。

「これ、バングル？」

「うん！　昨日三百円ショップで売ってるの見つけたんだけどさ、かわいくない？　お揃《そろ》いでつけようよ～！　ゴールドとシルバーどっちがいい？」

朝のホームルームが始まるまでの僅《わず》かな時間、教室は賑《にぎ》やかな声で溢《あふ》れている。

最近の私は美来とふたりで他愛のない会話をしながら過ごすことが多い。大抵は何事もなくチャイムが鳴って一日が始まるけれど、時々こうして選択を迫られることがある。

――どうしよう。

伸ばそうとした手に迷いが生まれて、指先を握りしめた。

並べられたふたつのバングルは、私にはどちらも同じに見える。違いがよくわからないまま、右側を指差した。

「……私は、こっちがいいな」

手渡されたそれは、触れるとひんやりとしていて硬い。

「楓はこっち選ぶかと思った！」

「え？」

「シルバー系のほうが好きって前言ってたじゃん？」

今私の手にあるのは、ゴールドのようだ。バングルを握りしめながら、私は笑みを浮かべる。

「この色も好きなんだ」

不審に思われることなく対応ができたかひやひやする。私がシルバーを好きと言っていたのは夏前の話で、今では自分がなに色を好きなのか、よくわかっていない。

私には――すべてのものがモノクロに見えている。

「かわいいね！」

腕にはめて見せると、美来は満足げに頷《うなず》いた。

「お金払うよ」

「いいのいいの！　私が楓とお揃いでつけたかっただけだから！」

「ありがとう。大事にするね！」

「てか、聞いてよ！　プチプラでかわいいアイシャドウがあって、次のバイト代入ったら買っちゃおっかなー」

ゴールドのバングルを選んだことをあまり追及されなくてよかった。乗り切れてほっと胸を撫《な》で下ろす。

あることがきっかけで、私の視界から突然色が消えた。

淡青《たんせい》の澄《す》んだ空も、深緑の黒板も、木製の唐茶色の机も、すべてがモノクロに見えるようになってしまったのだ。

最初は自分でもなにが起こったのか理解できず、戸惑いながら必死に調べた。ネットを駆使《くし》して、なんとか原因を探ろうしていると、あるページが目にとまった。

タイトルは――〝灰色異常《グレーエラー》〟。

視界が灰色になる病《やまい》。色覚異常の症状と異なる点は、人の纏っているオーラだけが色づいて見えることらしい。それ以上の情報はいくら調べても出てこず、まるで都市伝説のようだったが、確かに私の症状に当てはまる。けれど、こんな奇妙な体験を誰かに話しても信じてもらえるような気がせず、二ヵ月が経《た》った今でも誰にも打ち明けていない。

最近だんだんとわかってきたのは、オーラの色が同じ人は似たタイプ。

色は人の個性を表すみたいだ。

美来みたいな好奇心旺盛《おうせい》で人前に立つのが得意な人は橙色《だいだいいろ》のオーラが多く、クラスで発言力のある男子もこの色。他には、黄色や赤色、緑色などの鮮やかな色がほとんどだ。時折濁っている人もいるものの、灰色のオーラは私だけだった。

最初は自分のオーラが見えないだけだと思っていた。でも他の人のオーラの見え方とよく似て、身体に滲《にじ》んでいる。美来たちみたいに綺麗な色とは違う、個性のない灰色。この色は、周りに合わせて流されている曖昧《あいまい》な私を表すかのようだ。

「そういえば隣のクラス、入り口のアーチ作りけっこう進んでるっぽいよね〜」

美来の言葉に私は頷く。土台は既にできていた。

もう九月なので、私たちのクラスも作業を開始しないと間に合わなくなってしまう。だけど教室の中で、声を上げる生徒は誰もいない。

「展示の作業も、そろそろやらないとダメだよね……」

緊張しながらも話題を振ると、一瞬沈黙が流れた。

失敗した。言うんじゃなかった。冷や汗が背中に滲み、手のひらを握りしめる。もっと違った言い方をするべきだったかもしれない。この空気をどうやって戻そう。焦るほど、言葉が思い浮かばなくなっていく。

「このままなにもやらずに終わったほうが楽じゃない？」

私に同意を求めるように美来が笑いかけてくる。

うん、そうだよね。と答えれば、この場をやり過ごせるとわかっている。だけどこれは本音じゃない。でもまた微妙な空気になってしまわないか怖くて、口に出せなかった。

「一年の文化祭って本当やる気でなくない？」

不満を漏《も》らす美来に、私はなにも答えられない。けれど、美来はどんどん話を進めていく。

「なんで雑用とか展示なのって感じ。てか、展示なんてサボったってバレなくない？これだけ人いるんだしさ」

美来の声が響いてしまい、窓側にいる一部の女子たちが眉を顰《ひそ》める。そのことに美来は気づいていないようだった。

「早く二年になりたいよね。屋台とかのほうが絶対楽しそう！ね！」

自分の本当の気持ちを隅に追いやる。そして私は目をぎゅっと瞑《つむ》るように視界を潰《つぶ》して笑った。

「だね」

私は展示作業が楽しみだな。たったそれだけのことが言えない。

これを口にしたところで、私を否定しないかもしれないのに、友達と違う意見を持つことが怖くて、些細《ささい》な言葉さえ躊躇《ためら》って言えなくなってしまう。本当の気持ちを嚥《えん》下《げ》して、顔に笑みを貼り付けたまま、腕についたバングルを指先でいじる。どうして私は、こんなに臆病《おくびょう》なんだろう。

予鈴が鳴り響くと、大きな足音を立てて男子数名が教室になだれ込んできた。

「掴《つか》むなって、馬鹿！」

「はい、俺が先ー！」

競争していたのか、お互いの服を掴み合いながら騒いでいる。他の生徒たちの机にも容赦《ようしゃ》なくぶつかっていて、私の机も斜めになりペンケースが勢いよく床に落ちてしまった。

その衝撃でプラスチック製の蓋《ふた》が開いて、ペンが散らばる。近くの椅子の脚に弾《はじ》かれると、ペンが遠くまで転がっていく。取りにいこうと一歩動いたところで、誰かが拾い上げてくれた。その相手を見て、息をのむ。

――藤田良《ふじたりょう》くん。

深く刻まれた二重のラインとつり上がった目尻。口角は不機嫌そうに下がっている。近寄り難い威圧感があり、口数が多いわけでもないのに目立つ存在だ。

そして纏っている真っ赤なオーラは、意志の強さを表していた。この色は、物事をはっきりと口にする人で、頑固なところがある。

自分のほうが先に着いたとふざけながら言い争っている男子たちを、藤田くんが睨《にら》みつける。

「おい」

彼が一言発するだけで、場が凍りついた。

「ぶつかってんだろ」

「……悪い悪い！」

空気を和《なご》ませようとしたのか、へらりと笑って男子が彼の肩に手を置こうとすると、藤田くんがそれを払い除《の》けて、「うぜぇ」と一蹴する。男子たちの表情が強張《こわば》り、空気が一層重たくなった。

周りの反応などお構いなしといった様子で、藤田くんは視線を私に向けて、歩み寄ってくる。彼の圧に押しつぶされそうな感覚になり、金縛りにあったように動けなくなった。

近くまでやってきた藤田くんは、無言でペンを私の机に置く。そしてすぐに背を向けてしまった。

「……ありがとう」

口の中が渇いて声が掠《かす》れる。既に離れた席へ戻った彼には、私の言葉なんて届かなかったかもしれない。

「なんだよ、あいつ」

「ねえ、楓のペン散らばったんだけど！　ちゃんと拾ってよ！」

不服そうに藤田くんを見ている男子の腕を美来が軽く叩《たた》く。

「ごめん」

男子たちは気まずそうにしながらも、ペンを拾い集めてくれた。ケースに仕舞い終わると、離れた席にいる彼に視線を移す。

藤田くんは何事もなかったように、頬杖《ほおづえ》をついて退屈そうにしている。彼に近く人は誰も寄りつかない。

「喧嘩《けんか》でも始まるかと思った」

「え、あれくらいで？」

「だって藤田くんって、ぶつかっただけで他のクラスの男子を殴ったらしいよ」

女子たちが小声で話しているのが聞こえてくる。彼がクラスで浮いているのは、言いたいことをはっきりと口にする性格だからではない。

入学して二週間で起こした問題が原因だ。学校内でタバコを吸い、さらには暴力沙汰を起こして停学になった。その後喧嘩っ早いという噂《うわさ》が消えず、態度も素っ気ないことから、クラスの男子たちも積極的に関わろうとしないのだ。それに藤田くん自身も、自分から誰かに話しかけることは滅多にない。

ペンを拾ってくれたことは感謝しているけれど、言葉がキツくて周りの空気など気にしていない様子の彼のことが私は怖かった。

教室がざわつき始めたとき、前方のドアが開かれた。担任の先生が、早く席に着くようにと促《うなが》しながら入ってくる。

「文化祭実行委員、前に出てきてくれ」

今日は出席をとることなく、文化祭実行委員のふたりを黒板の前に呼ぶ。

十一月の本番までに間に合わせればいいとはいえ、九月になった今でも誰ひとり声を上げずに、なにも決めないままここまできてしまった。

さすがにまずいと思ったのかもしれない。

「今日中に役割くらいは決めて、グループで動くようにしてくれ」

スケジュール管理をするグループ、デザインを考えるグループ、制作や材料を調達するグループの大きく三つに分けるそうだ。

「あと、このクラスのテーマカラーは青だからな」

クラスカラーというのが最初から決まっていて、体育祭のハチマキや文化祭のクラスTシャツで使うことになっている。文化祭の展示もクラスカラーを使うみたいだ。

「それぞれやりたいものに挙手して決めるように。じゃあ、あとは頼んだ」

先生はプリントを文化祭実行委員に渡すと、進行を任せて教室から出ていってしまった。ドアが閉まった直後、各々が周囲の人と小声で話し出す。一緒にやろうと声をかけ合っている女子のグループや「展示ってなにするの?」という戸惑いの声が聞こえてくる。

あの中なら、制作をするグループに入りたい。大変だろうけれど、展示の作業に一番関われそうだ。

「ねー、スケジュール管理とか楽そうでよくない？」

隣の列の前方に座っている美来が振り返って、私に声をかけてきた。

「私……」

スケジュールじゃなくて制作をするグループがいいな。そう言ったら、美来は一緒に制作を選んでくれるかもしれない。だけど、無理矢理付き合わせることになる。それなら一緒に楽しくやれそうなのを選んだほうがいい。私は微笑んで「そうだね」と了承した。

「はーい、私たちスケジュールやりまーす！」

響き渡った美来の声に、実行委員の子は困ったように眉を下げた。手に持っていたプリントの束を教卓に置いて、控えめな声で呼びかける。

「……スケジュール希望の人、手を挙げて」

暗黙の了解といった形で、美来と私だけが天井に向かって片手を伸ばす。

スケジュールの定員は三人。けれど、他の人は誰も手を挙げない。以前であれば三人グループの私たちは、ぴったりだったはずなのに。

「じゃあ、ひとまず別のグループを先に決めます。デザイングループ希望の人、手を挙げて」

展示のテーマやデザインを考えるグループと、制作グループが決まっていく。最後に残ったひとりが誰なのか予想がつき、顔が強張る。

「えっと……藤田くん、スケジュールで大丈夫？」

「別にいいけど」

文化祭実行委員の子が顔色をうかがうように聞くと、藤田くんはすんなりと受け入れた。藤田くんと美来と、私。歪《いびつ》な三人が同じグループになってしまった。

それぞれのグループごとに集まることになり、美来が私の元までやってくると空いている隣の席に座る。藤田くんに声をかけにいくべきだろうか。迷っていると、立ち上がったのが見えた。

目が合いそうになって、咄嗟に視線を落とす。なにも声をかけず、わざわざこっちまで来させてしまうなんて、不満を抱かれたかもしれない。怒りっぽいという彼の噂を思い出し、手のひらに汗が滲んでいく。

私の目の前の席の椅子を引くと、気怠そうに腰を下ろした。横向きに座っていて、椅子の背に腕が置かれる。肘が私のペンケースに触れそうで、邪魔になっているかも。でも退かしたら、よくない意味に取られるだろうか。

彼の一挙一動が気になって、落ち着かない。

「今配った紙を確認して、グループごとに話し合って」

実行委員の子から渡されたのは、担任が作成した各グループの役割詳細だった。私たちのグループは、他のグループと連携を取りながら全体のスケジュールを組み、随時進捗を聞きながらスケジュール管理をしていくサポート係みたいだ。そして文化祭当日、展示の前に立つ人のタイムスケジュールも決めなければならない。

「えー……なんか意外と面倒くさそう」

やめておけばよかったと、美来が口を尖《とが》らせた。けれどももう他のグループも決定してしまったので、今更撤回もできない。

「こんなのあるなら先に配ってほしかったな～」

美来が不服そうにしながら、プリントの端を指先でくるくると丸める。

「美……」

「てかこれ、私たちでどこまで決めちゃっていいの？　当日までの制作スケジュールって、作業する人たちに聞かないと難しくない？」

言葉を迷っているうちに、話がどんどん進んでいってしまう。美来の会話のペースに乗り遅れてしまい、唇を結ぶ。

実行委員の子がプリントの束を持っていて、配ろうとしてたよ。私たちが先にスケジュールをやりたいって言ったから、先に決めてくれたのかも。

……そう言えばよかった。

なるべく相手を不快にさせないように、上手に話したい。そんなことを考えすぎて、いつも私は話すタイミングを失ってしまう。

「プリント配る前に菅野《かんの》がスケジュールやりたいって言ったからだろ」

藤田くんは不機嫌そうに美来を見やる。彼が話し合いに参加してくれることに驚きながらも、美来は指摘されたことがおもしろくなさそうだった。

「……私のせいってこと？」

「実行委員は悪くねぇだろってこと。それよりスケジュール、早く決めねぇと他のグループが困る」

ふたりの間に微妙な空気が流れ始める。なにか言わなくちゃ。だけど沈黙の時間が長引くほど、次の言葉が重くなっていく。

「え、まじ？　これ絶対いい案だと思ったのに！」

窓側から大きな声が響いた。誰かひとりが噴き出すと、小さな笑い声が波紋《はもん》のように広がる。展示のテーマやデザインを決めるグループだ。

美来と同じ人前に立つのが得意な橙色を纏った男子が中心となって話していて、楽しげな雰囲気だった。

彼らとの温度差に、私たち三人の空気はますます淀《よど》んでいく。

どうしたらこの空気が変わるのか、よい方法が思い浮かばない。それに私がこうしようなんて提案しても、ふたりの意見は違うかもしれないし、張り切りすぎて面倒だと思われたくない。こんなとき、あの子だったら。きっと上手にまとめてくれた。

教卓側に集まっている制作グループに視線を向ける。赤いオーラを纏っていて、肩にかかるほどの長さの髪にゆるくウェーブをかけた女子がすぐに目にとまった。

真剣な表情でなにかを話している彼女の姿は、夏前と変わらない。変化があったのは私の視界と、私たちの距離だけ。

彼女の視線が近くにいた女子から、廊下側へと流れていく。その瞬間、目が合った気がして慌てて俯《うつむ》いた。

心臓が嫌な音を立てて、思い出したくない記憶を蘇《よみがえ》らせる。

閉じ込めて目を逸《そ》らしていた出来事の再生ボタンが無遠慮に押されて、当時の光景が脳裏に流れていく。

『なに考えてんの？』

苛立ちを含んだ声がセミの鳴き声に交ざって鼓膜を刺激する。信号の青い光が警告するように点滅していて、立ち止まった私たちの横を生温《なまぬる》い風が吹き抜けていった。

『楓は――』

見ないで。そんな軽蔑《けいべつ》するような眼差《まなざ》しを向けないで。下唇を噛みつけて、目蓋《まぶた》をきつく閉じる。

「ねえ、楓がリーダーするのはどう？」

右側から聞こえてきた言葉に、我に返って顔を上げた。

「え？　リーダー？」

「うん！」

別のことを考えていたので、どうして突然そんなことを言い出したのか話が見えない。手のひらの灰色をぎゅっと握りしめる。

「リーダーなんて私には、向いてないよ」

私よりも橙色を纏っている美来のほうが合っていると思う。行動力があって、言葉に力がある。それに美来なら人の輪の中心に立って話ができる。私は意見を言うのが苦手なので、まとめ役はできそうもない。

「そんなことないって！」

美来が声を弾《はず》ませた。

「楓って周りと上手くやるの得意なイメージだし、合ってるよ！」

そう思ってくれるのは嬉《うれ》しいことだけど、周りと関係を築いていくのは不得意な方だ。だから人に合わせて流されて、楽をしてしまう。

「無理に押しつけんなよ」

藤田くんが咎《とが》めるように言うと、美来は「だって」と口を尖らせて、教卓側へ視線を向ける。

「私は、リーダーはやりたくないし」

誰のことを見ているのかすぐにわかった。

美来が避けているのは、先ほど私が見ていた女子——瀬尾《せお》めぐみ。

制作グループのリーダーはめぐみらしく、輪の中心になってなにかを話している。

美来がリーダーになると、めぐみと必然的に関わることになるので、それを避けたいみたいだ。

七月の前半までは私たちのグループにいて、美来が大好きだったはずの子。

自分の意志を強く持っていて、曲がったことが嫌いで、真っ直ぐな言葉を投げかけてくる。そういう彼女を美来は気に入っていて、ペアでなにかをするときはいつもめぐみに声をかけていた。だけど、美来に対してめぐみがはっきりと物申したことによって、平穏だった三人の関係は変化した。

めぐみへの好意は、オセロのようにひっくり返って、敵意になってしまったのだ。

「お願い、楓！　リーダー、頼んでもいい？」

本当はやりたくない。でもやりたくないのは美来も同じで、誰かがやらなければいけないことだ。少しだけ気分は憂鬱《ゆううつ》だけど、私が引き受ければ丸く収まる。

「うん。やってみるね！」

「笹原《ささはら》は、本当にそれでいいわけ？」

「大丈夫だよ」

口角を上げて笑みを作る。居場所を失いたくない。失敗をしてガッカリされないように、やるならしっかりしなくちゃ。

「ありがと～！　やっぱ楓は優しいし頼りになるね」

心になにかが引っかかる。美来がくれた優しいとか頼りになるという言葉は、いい意味のはずなのに、素直に喜べない自分がいた。

その日の夕方、私のスマホに電話がかかってきた。相手は前のバイト先の店長で、話すのは約二ヵ月ぶりだった。

「……え？　新店舗で面接ですか？」

突然の話に驚いて、思わず大きな声を出してしまう。

四月から学校近くのファミレスでバイトをしていたけれど、七月の上旬に営業が終了してしまったのだ。店長は他の店舗に異動になったそうで、そこが私の家の最寄駅近くにできた新店らしい。

『今人手が足りなくて、前の店舗の子たちにも声をかけてるけど、もう他で決まってる人ばかりで。笹原さんは他のバイト決まっちゃった？』

「いえ……」

『よかった！　会社の決まりで一応面接からしないといけないんだけど、どうかな』

バイト代が入らなくなったことは痛手だったので、有り難い話だけれど、ひとつ懸念があった。同じファミレスでバイトの経験があるとはいえ、灰色異常のことがある。

「でも私、辞めて数ヵ月経ちますし、そこまで役に立てない気がして……」

『大丈夫！　笹原さん、しっかりしてるから、新しい場所でもすぐ仕事覚えられるよ！』

私は、しっかりなんてしていないのに。言葉に出してしまいそうになって、口を閉ざす。あの頃、初めてのバイトで慣れるのにいっぱいいっぱいだった。ミスだってたくさんしたし、周りに助けてもらっていたからできていただけだ。

『お願いできないかな？』

かなり困っているようだったので、ひとまずは面接だけでも受けるという形に収まった。バイトをまたやりたいのか、やりたくないのか。自分で決められないまま、私はまた流されてしまった。

そうして早速翌日、面接に行った。ファミレスの従業員用の裏口から店内へ入ると、四十代くらいの女性が「笹原さん！」と私に明るく声をかけてくれた。電話をくれた店長だ。

纏っているのは緑色。灰色異常になって、店長のオーラを見るのは今回が初めてだった。前にバイトしていたときは、ちょうど発症する前にお店が閉まったので、オーラを見る機会がなかったのだ。

緑色は周りから好かれやすい。学校でも何人か緑色の人がいるけれど、人当たりが良くて親切なタイプが多かった。

従業員の休憩スペースに入ると、私と店長は他愛のない話をしながら、パイプ椅子に座る。まだ迷いがあるとはいえ、面接を受けると決めた以上はきちんと形式に沿って履歴書を提出した。

「よろしくお願いします」

「そんな硬くならないで。季節のメニューとかは変わってるけど、グランドメニューはほとんど変わっていないし、こっちのほうが最新設備だからやりやすいかも」

仕事内容の説明を受けたが、作業などは前の店舗でしたこととほぼ変わりないとわかる。そのことに安堵《あんど》したものの、灰色異常のことがあって頷けずにいると、せめて冬の繁忙《はんぼう》期《き》だけでもバイトをしてほしいとお願いされた。

「私、足を引っ張るかもしれないです」

「笹原さんなら大丈夫。真面目だし、仕事覚えるのも早かったでしょ」

流されてばかりの私は、本当に真面目なのだろうか。そんな疑問が浮かび上がる。

「でも……」

「今、キッチンの人手が足りてないの。お願いできない？」

懇願《こんがん》されて、言いたかったはずの言葉をのみ込む。

できませんなんて言える空気じゃない。断るのなら面接を受けに来る前に言うべきだった。だけど私でも役に立てて、必要としてもらえるのなら有り難いことだ。せめて繁忙期が終わるまで働こう。自分に何度も言い聞かせながら、私は口角を上げる。

「はい」

店長の表情が明かりが灯ったように輝き、引き受けてくれてよかったと心底安堵している様子だった。そしてすぐにでも人手が欲しいという先方の希望で、二日後の木曜日からバイトに入ることになった。

バイト初日、緊張しながらも真新しいキッチン用のユニフォームに身を包む。今は色が見えないけれど、他の店舗と同じ、ライトイエローのシャツと茶色と白のストライプ柄のズボン。そして帽子は茶色のはずだ。

いくら経験があるとはいえ、数ヵ月だけしか働いておらず、新人みたいなものなので早く仕事に慣れなければいけない。気を引き締めて更衣室を出ると、近くで店長が私を待ってくれていた。

「笹原楓です！　あの……よろしくお願いします！」

改めて自己紹介をすると、店長に軽快に笑われる。

「緊張してる？」

「二ヵ月ぶりくらいなので……」

「大丈夫だよ。笹原さんも知っての通り、キッチンの仕事って簡単な調理だから」

ここのファミレスの調理はあまり複雑なものはない。基本的に冷凍のものが多いので、揚げたり、湯煎《ゆせん》にかけたりする最終工程だけだ。とはいってもメニュー数は多いので、手順や時間配分など、まだすべて頭に残っているか自信がなかった。

「それじゃあ、まずはここで手を洗って消毒ね」

「は、はい！」

手の消毒をし終えると、キッチンの設備についての説明をしてくれた。私が以前働いていた場所よりも最新の機器が揃っていて、使い方が違うらしい。

「あ、そうそう。フライヤーだけど、なにを揚げるのかボタンで選択してね。ちょうどいい温度になったら、音が鳴るから」

忙しいとつい頭から抜け落ちてしまうことがあるので、教えてもらいながらメモを取っていく。

「あとはー……ちょうどいいところに藤田くんが来たね！」

　足音が聞こえてきて振り返ると同じユニフォームを着た男の子がいた。まさかこんなところで会うなんて想像もしていなかった。

「笹原さん、藤田くんと同じクラスなんだって？」

「え、あ……はい」

「昨日それ聞いてびっくりしたよ！　クラスメイトならやりやすいね！」

　クラスメイトといっても、最近初めて関わりを持った相手。普段、会話をしたこともない彼に親しみは持てず、むしろ困惑のほうが大きい。

「本部に連絡することがあるから、少しの間外すよ。それじゃあ、あとは藤田くんよろしくね～！」

　藤田くんと向き合いながら、鋭い眼差しに息をのんだ。

　燃えるような赤いオーラが、逃げ出したくなる焦燥感《しょうそうかん》を与えてくる。意志を強く持っていて、周りの目を気にせずに自分を貫いている人。めぐみとの関係が上手くいかなかったこともあり、同じ色を纏っている藤田くんも苦手だ。それによくない噂のこともあり、些細なことで怒らせたらと思うと怖かった。

「よ……よろしくお願いします！」

　声が微《かす》かに震えてしまう。笑顔を必死に浮かべるけれど、藤田くんは機嫌が悪そうに眉を寄せている。

「よろしく」

素っ気なく返されて、ますます萎縮《いしゅく》してしまう。新しい店舗だから前とは違うため、勝手が異なることだってこれから出てくるはず。わからないことがあったら、この人に聞かないといけない。毎度どんな反応をされるかと考えるだけで、胃がきりきりと痛む。

「洗いものは洗浄機を使うけど、ドリアとかソース類がこびりついているやつは、手洗いしないときちんと汚れが落ちないから、そこのシンクで洗って」

私が以前他の店舗で働いていたことを藤田くんは知らないのかもしれない。だけど、知ってますなんて言いにくい。

「なに？」

私がなにかを言おうとしたことに気づいた藤田くんが、じっと見つめてくる。

「そういえば別の店舗で働いてたんだっけ」

「……はい」

「俺も同じ。オープニングスタッフ探してたから、こっちの面接受け直した」

「あ……そうなんですね」

もっと話を広げるべきなのに、頭が上手く働かない。どこの店舗だったんですかとか聞くと詮索《せんさく》しているようだし、何ヵ月目なんですかと聞いてもそのあとに続く言葉がない。

藤田くんは「じゃあ説明いらないか」と私の傍《そば》を離れていく。食器洗浄機から綺麗《きれい》になったお皿を取り出して、素早く仕舞っている彼の姿を眺めながら、私は漏れそうになるため息をのみ込んだ。他愛のない会話すら、上手にできない。

調理台の上に置いてあるタブレットから電子音が鳴る。

「注文俺がやるから、そこのドリアの皿とか洗っておいて」

「わ、わかりました！」

注文が入るとデータが届く仕組みになっていて、タブレットにはオーダーの品が記載されていた。

藤田くんはテキパキと動き、同時進行でふたつの料理を作っている。その姿を横目で見ながら、私は与えられたお皿洗いを遂行していく。汚れがこびりついているお皿だけ手で洗ってから、他の食器はすべて洗浄機にかける。それが終わったタイミングで藤田くんも料理が完成したらしい。完成したパスタとピラフのお皿を持って、受け渡し口に置いた。

「バジルパスタと、エビとマッシュルームのピラフ」

彼の声に反応して、ホールの人がすぐに料理を取りに来る。基本的に前の店舗と流れは一緒だ。藤田くんは棚の中からメニュー表を取り出すと、私の前に置いた。

「メニュー全部覚えてる？」

「……一応。でも所々自信なくて」

「じゃあ、全部ちゃんと覚えて」

「す、すみません！　ちゃんとします！」

私の返事に、藤田くんの動きが止まる。眉を寄せたまま、短く息を吐いた。前に働いていたくせに暗記できていない私に呆《あき》れているのかもしれない。

機嫌を損ねてしまったことは間違いないので、焦りと緊張が全身を駆け巡る。できるだけ迷惑をかけないように、メニューを完璧に覚えたい。それ以外にもメモも素早く取って、負担を減らしたい。

「あとこれ、季節のメニュー。今は栗。プリンとパフェで使う栗の種類違うから気をつけて」

失敗なく終われますようにと、何度も心の中で祈りながら、藤田くんの説明を聞いて、必死にペンを走らせる。

「すげぇメモ取るんだな」

「えっ！　あ……すみません」

「は？」

メモを取ることに夢中になってしまったのがよくなかったのかもしれない。藤田くんは顔を顰《しか》めて、「意味わかんね」と吐き捨てる。びくりと身体が震えて、ペンをきつく握りしめた。

怒らせたくないのに、不快にさせてしまった。どう返せばよかったんだろう。

「藤田くん、優しくね？」

キッチンへ戻ってきた店長が笑顔で指摘すると、藤田くんはぎこちなく口角を上げて顔を引きつらせながら頷いた。

「聞いてよ、笹原さん！　盛り付け斜めになっただけで、下手なんで代わりますって言うんだよ。言い方怖いよね～」

「いや、それ前後の話省くのずるくないっすか」

店長と藤田くんは気さくに会話をしていて、関係は良好のようだった。やっぱり緑の人は、周りと上手くやれるみたいで羨ましい。

「笹原、パフェのオーダー入ったから頼んでいい？」

「っ、はい！」

チョコレートパフェの作り方を、タブレットに表示させる。これなら前に何度も作ってきた。念のため手順を確認しながら、グラスをデジタルスケールの上に置いて、シリアルを記載された量まで入れていく。

「ブラウニーとホイップは、そっちの冷蔵庫の中」

「わ、わかりました！」

調理スペースの隣にある冷蔵庫からブラウニーを取り出して、角切りにして四つ入れて、ホイップクリームをぐるりと一周させる。

「バナナ」

それだけ言うと、藤田くんは目の前の調理台にバナナを置いた。皮を剥《む》いて輪切りにしたバナナを、絞ったホイップの上に重ねる。間違っていないか、藤田くんの顔色をうかがう。けれど隣でじっと見ているだけで、特になにも指摘してこない。

「アイスは冷凍庫の二段目」

冷凍庫を開けて腰を屈めると、横長の容器がずらりと並んでいる。チョコレートとバニラと蓋に書いてあるアイスを取り出して調理台に戻ると、先が丸いディッシャーという器具を渡された。

「硬かったら、温めてから使って」

凍ったアイスの表面を削るようにしてすくいながら、丸く窪《くぼ》んだ中に詰めてアイスを作っていく。硬いけれど、私の力でもできる。パフェ容器の上にチョコレートアイスとバニラアイスを丁寧《ていねい》に盛り付けた。

「仕上げのソースは、この下の冷蔵庫」

調理台の下は冷蔵庫になっているらしい。扉を開けると、ミルクやソース類が仕舞われていた。

ソースに手を伸ばそうとして、動きを止める。並んだソースは、どれも透明な容器に入っていて名前がない。私には似たような色に見えて、どれがチョコレートなのか確信が持てない。

真ん中の容器がチョコレートだろうか。手に取ってみて、観察してみるけれどよくわからなかった。

これで合っているかなんて聞いたら不審に思われてしまうかもしれない。むしろ色のことを藤田くんと店長に今話したほうが——。

「それ、キャラメルソース」

「すみません！」

「ごめん、洗いもの溜《た》まってきたから、頼んでいいー？　今、揚げもの作ってて手が離せなくて！」

店長の声がキッチンに響く。藤田くんはパフェとシンクを交互に見ると、短く息を吐いた。

「あとは俺がやるから、皿洗いと洗浄が終わった食器を仕舞って」

パフェの残りの作業は藤田くんに頼んで、お皿洗いに移る。気持ちが空気の抜けた風船のように萎《しぼ》んでいく。私の作業が遅かったせいだ。こんなこともできないのかと幻滅《げんめつ》されたに違いない。色の判別ができないと、やっぱりこのバイトは難しいかもしれない。

洗い終わった食器の仕舞う場所が以前の店舗とは異なっていて探していると、藤田くんが近づいてきた。

「なにしてんの」

「あ……すみません。これの仕舞う場所がわからなくて」

「その皿は、ここに仕舞って。カトラリー系は、こっち」

言われた通りに食器類を仕舞っていく。けれど小鉢だけは場所がわからない。忙しそうにしている彼に聞きづらくて、自力で探していると「それは隣の引き出し」と背後から声がした。

「すみません……ありがとうございます」

振り返ると、藤田くんと目が合った。眼差しから私への不満を感じて、嫌な汗が背筋に滲む。

「すみませんが口癖なわけ？」

「え……」

「なんで俺がなにか言う度に、すみませんって言うんだよ。別に悪いことしてねぇのに、口癖みたいに謝るのやめろ」

飲み込んだ生唾が喉に刺さるような痛みを残す。

適当に謝った気はなかった。迷惑をかけてしまっているので口にしたけれど、藤田くんにとってそれは不快なことだったみたいだ。

なにか言わないと、ますます気を悪くさせてしてしまう。だけどここで謝っても逆効果だ。自己防衛のように自然と口角を上げて弧を描く。そして、なるべく当たり障《さわ》りないように声を振り絞って返答する。

「気をつけます」

けれど、それすらも気に食わないようで呆れたようにため息を吐かれた。

「そういうのもやめたら?」

二ヵ月前の夏の日、信号待ちをしているときにめぐみに指摘された言葉と重なり、笑みが抜け落ちていく。

『ヘラヘラ笑って、やり過ごすのやめたら? そういう生き方って、しんどくならない?』

握りしめた手に爪が食い込む。……やっぱり赤色の人は苦手だ。

灰色な私は、藤田くんやめぐみみたいにはなれない。そんな薄暗い感情が心を侵食していく。言いたいことを口にしたほうがいいときもあるけれど、揉《も》めることがなによりも怖い。言葉をのみ込んで合わせることが、私にとっての平和を守る方法だった。

それから藤田くんは業務以外のことを口にすることはなかった。私は指示されたことをきちんと覚えられるように、必死に頭に叩き込んだ。

バイトを終えて、ユニフォームから学校の制服に着替える。立ちっぱなしだったからか、足が重たい。ヘアゴムを取ると、髪に跡がついてしまっていた。気分が落ちたけれど、これから家に帰れるのかと思うと緊張の糸が解《ほぐ》れていく。

「おつかれさまでした。お先に失礼します」

店長や他の従業員の人に挨拶《あいさつ》をして、裏口のドアを開けた。外はすっかり暗くなっている。

ファミレスの横の細い道を進んでいくと、フェンスに寄りかかるようにして立っている女の子の姿があった。バイトが終わる前に店長に呼ばれて、自己紹介程度だけ会話を交わしたホール担当の岡辺知夏《おかべちか》さんだ。

彼女も同じ高校らしく、商業科だと言っていた。普通科の私とは教室が離れているせいか、学校では一度も見たことがない。

短く折られたスカートからは、すらりと長い脚が伸びていて、胸元まで伸びた髪は綺麗に巻かれている。上向きの睫毛《まつげ》に猫のような大きな瞳は愛らしく、目を引く容姿をしていた。そして彼女には黄色が滲んでいる。黄色は明るいムードメーカーだ。

私に気づいた岡辺さんが、スマホをいじるのをやめて片手を振ってきた。

「おつかれー！　楓ちゃん！」

いつのまにか下の名前で呼ばれている。距離の詰め方に驚いたけれど、岡辺さんの笑顔は愛嬌《あいきょう》があって親しみやすい。

「おつかれさまです！」

「敬語いらないよ」

岡辺さんはおかしそうに、声を上げて笑った。

「仕事早いんだって？　すごいね～！」

一体どこからそんな話が出たのかと、目をまん丸くして瞬《まばた》きを繰り返す。店長が大袈裟《おおげさ》に褒《ほ》めてくれたのかもしれない。

「藤田がびっくりしてたよ～。楓ちゃん、仕事熱心だって」

「え？　藤田くんが？　むしろ仕事遅いとかじゃなくて……？」

あんなに迷惑そうにしていたのに、仕事が早いと言っていたなんて信じ難い。パフェだって、途中で中断させられたほどだ。

「もしかして素っ気ない態度でも取られた？」

「……多分怒らせちゃって」

「そんな気にすることじゃないよ！　あいつ真面目で融通《ゆうずう》効かないし、わかりにくいんだよね〜。いっつもこーんな怖い顔してるじゃん？」

わざとらしいくらいに眉を寄せて、口を曲げる岡辺さんに、私は耐えきれず噴き出してしまう。藤田くんには申し訳ないけれど、少し似ている。私の反応に、岡辺さんは表情を緩めて口角を上げた。

「でも嘘は言ったりしないよ」

どことなく真剣さが伝わってくるような声音《こわね》だった。藤田くんが私を褒めてくれたなんて想像がつかないけれど、岡辺さんがお世辞で言っているようにも感じない。

「とりあえず、なにかあったらいつでも相談してね！」

風に髪が靡《なび》くと、岡辺さんの耳についたフープピアスが揺れた。笑うと八重歯が見えて、無邪気だけれど魅惑的《みわくてき》な雰囲気を醸《かも》し出している。

私も彼女のような黄色だったら、藤田くんを苛つかせることなく、初日から仲良くなれたのかもしれない。ないものねだりをする自分を惨《みじ》めに思いながら、それを押し隠すように微笑《ほほえ》みを浮かべて指先に滲む灰色を握りしめた。

岡辺さんと別れて、居酒屋が立ち並ぶ賑わった道を抜ける。バス停の脇道を進み、人通りが少ない場所へ出ると、信号のところで男の子の後ろ姿が見えた。

あれは間違いなく藤田くんだ。私よりも先に店を出たため、鉢合わせすることはないと思っていたので油断していた。

手にはビニール袋を下げていて、コンビニに寄っていたみたいだ。近くにいるのに話しかけないことに気づかれたら、感じの悪いやつだと思われるかもしれない。

それに信号待ちをしている彼が意外で、声をかけることに躊躇《ちゅうちょ》してしまう。この道は信号が設置されているものの、車なんてほとんど通らない。今だって車の姿はないのに、きちんと彼は信号を守っている。

学校では不真面目なはずなのに、パズルのピースが合っていないような妙な気分になる。そういえば岡辺さんが〝真面目〟だと言っていた。

声をかけようか迷っていると、気配を感じたのか藤田くんが振り返った。そして「おつかれ」と言って、また前を向いてしまう。

これだけ悩んでいたのに、会話の終了が呆気《あっけ》なくて拍子抜けしてしまう。でもせめて私も一言くらい返したい。今度の関係のためにも気まずさは残したくない。

「っ……、お、おつかれさまです！」

失敗した。こんなに大きな声で言うつもりなんてなかったのに、人が少ないとはいえ静かな夜の街に響いてしまった。

恥ずかしくて逃げ出したい気持ちになりながら俯く。どうしてこれくらいのことも、上手くできないんだろう。自分がますます嫌になる。

「なんで敬語？」

岡辺さんと同じ指摘をされてしまった。顔を上げると、藤田くんが再びこちらを向いている。視線を泳がせながら言葉を探す。

「バイト先では先輩、なので」

私の返答は失敗したのか、藤田くんはなんとも言えない表情をしている。

「クラスメイトなのに変な感じするから、敬語いらねーよ」

「は、はい」

「取れてねぇじゃん」

「緊張しちゃって……」

なんで？　とでも言いたげな藤田くんに、私は苦笑する。目立たず周りに合わせて、個性を殺しながら溶け込もうとしている私と、周りになにを言われようと己《おのれ》を貫いている藤田くん。私たちは同じ教室にいても、世界がまるで違う。こうしてふたりきりで話すことなんてないと思っていた。

けれど、今ならあのとき届かなかったお礼を言うチャンスかもしれない。

「……ペン拾ってくれてありがとう」

「ペン？」

「床に散らばったとき、藤田くん拾って届けてくれたのにお礼言えてなかったから」

「あー、こないだのやつか。……困ってるように見えたから」

　確かに机にぶつかられてペンをばら撒《ま》かれて、戸惑っていたけれど、藤田くんは単にうるさいのが嫌で怒ったのかと思っていた。

「それで怒ってくれたの？」

「ああいうのくだらねぇじゃん。周りのやつらも迷惑そうにしてたけど、言いにくそうだったし」

「……そうだったんだ」

　彼へのイメージに変化が生まれる。藤田くんは他人に興味なんてないと思っていた。けれど、ちゃんとクラスの人たちのことを見ているんだ。

　僅かな沈黙が流れて、私は他になにか話題がないか必死に考える。そういえば大事なことを謝罪できていない。

「バイトで色々迷惑かけちゃってごめんね」

「は？」

　たった一言で空気がピリついた気がして、肩が飛び上がりそうになる。言葉を間違えてしまった。

「迷惑ってなにが？」

「えっと……その、私に教えるせいで藤田くんの時間拘束しちゃったし……パフェ作るのも遅くって。だからそれで迷惑かけちゃったかなって」

「笹原はこの店舗初めてなんだから、教えるのは当たり前だろ」

藤田くんはどこか戸惑ったような声音だった。視線が交わると、気まずそうに目を伏せる。

「俺のほうこそ、怖がらせて悪かった」

「え？」

「言い方キツいから、嫌な思いさせただろ」

藤田くんの口調は強くて萎縮してしまうこともある。彼はそのことを気にも留めていないと私は決めつけていた。けれど違ったみたいだ。

「それとパフェの途中で俺が交代したのは、混んできたからってのもあるし、様子が変だったから」

「あ……それは」

「忘れることくらいあるし。別に気にすることじゃないだろ」

ソースの色が見えず、手が止まったことについて、藤田くんは私がどのソースをかけるのか忘れたのだと思ったらしい。

「それに手際いいから片づけとか速いし俺はけっこう助かったけど」

「……邪魔だったからではないの？」

「そんなこと一度も言ってなくね？」

「言われてはないけど……邪魔って思ってるのかなって感じて……」

眉間にシワを寄せたり、不機嫌そうにため息を吐かれたり、てっきり教えるのが面倒なのだと思っていた。すると、苦々しい表情で藤田くんが「俺に対して敬語だったから」と零《こぼ》す。

「笹原は俺と話すの嫌なんじゃないかって思って、なるべく業務以外のことは話さないようにしてたんだけど。それで態度悪く感じたならごめん」

「え、どうして私が藤田くんと話すのが嫌なの？」

歩行者用の信号に歩く人のマークが映し出される。だけど、私たちは動き出すことができずに見つめ合う。

「俺の噂知ってんだろ」

噂といえば、タバコと暴行事件だ。それ以外にも喧嘩っ早いとか怒りっぽいという話もある。

「だからそういうので関わりたくないのかと思ったから」

藤田良は暴力的で怖い人。噂を聞いてそういう印象を抱いていた。そしてさらに纏っている色が赤だったこともあり、私は彼への苦手意識が強かった。

「……ごめんなさい」

きっと私の態度に表れていた。噂や表面上だけで藤田くんのことを決めつけて、自分の目で彼を見ようとしていなかった。

藤田くんは私のことを邪魔なんて思っていなくて、手際がいいと言ってくれたのに。本心なんて知ろうともせず、勝手に私は怖がっていた。

「いい噂ねぇのは事実だし、別に謝ることじゃないだろ」

「でも、私も態度がよくなかったから……」

私が敬語を使ったり、何度も謝っていたことについて嫌そうにしたのは、藤田くんに怯《おび》えていると捉えられたようだ。

「ごめんなさい」

「気にしなくていいって。俺も誤解させたし」

素っ気ないけれど、でも棘《とげ》はなくて声が柔らかくなった気がした。

「次同じシフトのとき、遠慮せず笹原に作業頼む。あと季節のメニューの作り方複雑だから、早めに覚えておいて」

「っ、うん！　季節のメニューもちゃんと覚えるから、作らせて！」

勢いよく答えると、藤田くんは目を見開く。我に返り、はしゃいだような反応をしてしまったことに羞恥《しゅうち》がこみ上げてくる。引かれたかもしれない。すると、藤田くんは表情を緩めた。

「いいよ」

初めて見る彼の笑った顔に釘づけになってしまう。そして、視界に映った色に目を疑った。

――緑……？

見間違いかと思ったけれど、間違いなく藤田くんの赤色のオーラの中に緑色が見える。どうして他の色が交ざっているのだろう。

「うわ、信号青になってんじゃん」

歩行用の信号が、チカチカと点滅をしていた。それよりも私は彼の纏う色のほうが気になってしまう。赤の中に隠れていた緑は淡くて、よく目を凝らさないとわからない。

「なにしてんだよ。早く渡らねーと」

「え……っ！」

慌てた様子で藤田くんは、私の腕を取って走り出す。夜の横断歩道を、腕を掴まれたまま一歩、また一歩と進んでいく。チカチカと点滅をする中で、私は半歩先の赤色から目が離せない。

赤色の人は苦手だ。頑固で自分の意見を貫き通す人で、他人を傷つけることも言う。だけど車なんて一台も走っていなかったのに信号を守っていて、腕を掴む手は強引なようで力はあまり込められていない。焦ったように点滅する信号を渡る姿は、ちょっとだけ子どもっぽい。私の中のイメージと違う。

藤田くんがどんな人なのか、今ではもう言葉で上手く説明できなくなっている。

信号を渡りきると、腕は離されていく。

「家どの辺？」

「私は高木町《たかぎちょう》だから、すぐそこだよ」

「けっこう近所なんだな。俺、若葉町《わかばちょう》のほう」

中学は違うものの、どうやら私たちは同じ市内に住んでいるらしい。親近感を覚えながら、お互いの出身中学はどこかなどの会話が続く。共通の話題ができたことによって、話題がどんどん浮かんでくる。

「じゃあ、俺こっちだから」

藤田くんが立ち止まり、右の道を指差した。

「あれ？　でも若葉町ってそっちだと遠回りになるんじゃ……？」

「気に入ってる道があって、帰りはいつもこっち通ってる」

「……気に入っている道？」

「来て」と手招きされる。駐車場を曲がると、十字路に出た。そこは他のアスファルトよりも凹凸があり、視界がモノクロな私にもわかるほど地面が細かく光っている。

「こんな道、初めて見た」

「ガラスが交じって、キラキラしてるんだってさ」

「……星みたい」

街灯の光を反射していて、まるで満天の星を映した道のようだった。気が緩んで妙なことを口走ってしまったかもしれないと、慌てて唇を結ぶ。すると、振り向いた藤田くんが、ほのかな笑みを見せた。

「俺もそれ思った」

直視できなくて視線を地面に下ろす。今度は別の意味の恥ずかしさがじわりと熱を持って、頬に浸透していく。

「あ、悪い。寄り道させちゃったな」

「ううん、大丈夫」

星の道を抜けて、そのまま住宅街へと歩いていくと、分かれ道へと差し掛かる。

「俺、こっち」

「あ、うん」

あんなに気まずいと思っていたのに、その気持ちは嘘みたいに消えていた。

「じゃあな」

軽く手を振って、藤田くんは左の道を進んでいく。その後ろ姿を眺《なが》めながら、私は口を何度も開閉させた。

緊張とか、どう思われるかとか、そんなことよりも、私が今伝えたい言葉で頭がいっぱいになる。

「っ、また明日！」

夜道に響いた声は、藤田くんへ真っ直ぐに届く。振り返り、眉根を寄せた彼が破顔《はがん》した。

「声、でけぇよ」

そんな風に笑って突っ込みながら、「また明日な」と返してくれる。再び軽く手を振り合って、私たちは別々の道を歩き始めた。

時折吹く柔らかい秋風は心地よくて、バイトで疲れ切ったはずの足は軽やかにアスファルトを踏む。

また明日。何度も誰かと交わしたことがある言葉のはずなのに、どうしてか今夜は特別に感じて胸が躍った。

二章

翌日、窓側の一番前の席に視線が自然と向いた。休み時間になると、藤田くんはひとりだけぽつんと席に座っている。誰も近づこうとせず、彼自身も話しかける隙を与える気がないようにスマホをいじっていた。

『また明日』と言って別れたけれど、学校での私たちの距離は遠い。すれ違うことすらなく、当然目も合わない。昨日のことが嘘のよう。

もしも彼に声をかけたら、私たちに注目が集まり、教室は静まり返る。そんなことを想像すると、勇気が出なかった。

三限目が終わり、休み時間に手帳を広げた。早めに文化祭のスケジュールについて考えないと作業するのに困るはずだ。ざっくりとスケジュールを立てて、各グループのリーダーに確認を取りながら調整しないといけない。

「ちょっといい？」

声をかけてきたのは、めぐみだった。心の準備が整っていなかった私は、突然のことに動揺して言葉が出てこない。

「文化祭のことで話があるんだけど」

彼女と面と向かって話すのは、約二ヵ月月ぶりだ。目尻の上がった奥二重の目は涼しげな印象で、凛《りん》とした佇《たたず》まいは芯の強さを感じさせる。以前はかっこよく思えていた姿に、今では威圧感を覚えて怯《ひる》んでしまう。

　めぐみは教室の入り口で他のクラスの子とお喋《しゃべ》りをしている美来を見やる。

「リーダー、楓でしょ。美来はやる気ないっぽいし、藤田くんはやらなそうだし」

「あ、うん」

　情けないほどか細い声になってしまった。私たちのことをよく理解しているめぐみには、誰がリーダーになるのかわかっていたみたいだ。

「これ今わかる範囲の大まかなスケジュール」

　一枚の紙を机に置かれる。そこには達筆なめぐみの字で、テーマ会議や材料の買い出し日などが綴《つづ》られていた。

「テーマが固まったら、また変わるかもしれないから仮だけど」

　正直なところすごく助かる。けれど、本来であれば、私がするべきことだった。めぐみには他の作業だってあるはずで、短い期間でここまでまとめるのは大変だったに違いない。

「ありがとう。……ごめんね、こんなことさせちゃって」

「このほうが効率いいかなって思っただけだから気にしないで」

　私の行動が遅くて、めぐみに呆れられているかもしれない。すぐに動けばよかった。本当は今日この作業をしようと思っていたけれど、そんなの伝えたところで言い訳にしかならない。自分の無力さを改めて感じてしまう。また迷惑かけないように、やるからにはしっかりしないと。

「あのさ」

言いかけたものの、めぐみは諦めたように途中で止めてしまった。

「……あとはお願い」

めぐみが背を向けて離れていく。あの言葉に続くものはなんだったのか。想像をしてみても、いい言葉な気はしない。めぐみは与えられた仕事はしっかりやり遂げたいタイプで、仕事の遅い私をよく思っていない気がする。

久しぶりのめぐみとの会話のあとで、疲労感が押し寄せてきて脱力した。あの真っ直ぐな眼差しは、逃げ出したくてたまらない気持ちになる。けれど見つめられると、身体が石になったみたいに動かなくなってしまうのだ。

それに自分との違いを思い知らされる。私は行動を起こすことが苦手で、誰かに頼ってばかり。でもめぐみは私とは気まずいはずなのに、私情よりも作業を優先してくれた。私もせめてほんの少しでも役に立ちたい。そんな思いから、授業中にどのようにしたらみんながスケジュールを共有しやすいか考えていた。

四限目が終わると、教室の黒板横に貼られているカレンダーを持ってきて、そこに消せるペンでスケジュールを書き込んでいく。

「それもしかして文化祭のやつ？　え、てかこのメモすごいね。まとめるの大変だったんじゃない？」

私の元にやってきた美来が顔を引きつらせた。

「他の人がまとめてくれたんだ。私はそれをカレンダーに書き込んでるだけだよ」

そのスケジュールをくれた人がめぐみだとは口に出せなかった。今彼女の名前を出せば、めぐみをよく思っていない美来がどんな反応をするかわからない。

「楓はしっかり者だから頼りになるね。私だったらこんな細かい作業できないわ〜」

美来が悪びれもなく笑いながら言うと、私の斜め前に座っている女子が横目でこちらを見やった。その冷ややかな視線に、身体が凍りつく。よくない意味に捉えられたかもしれない。

「てか、スケジュール詰まってるね」

綺麗に手入れされた指先で、美来はカレンダーに書いた文字をなぞる。今までサボってきてしまったツケで、放課後に残って作業をしなければ間に合わなそうなのだ。

美来がちらりと窓側を見たのがわかった。そこにはめぐみがいて、同じグループの子たちと集まって食事とをとりながら、文化祭のことを話し合っている。

関わりたくないと言いつつも、美来はめぐみを意識しているみたいだった。

「……他のグループ忙しそう」

寂しげで弱々しい声は、普段の彼女らしくなかった。

——あれ？

よく目を凝らしてみると、美来の橙色のオーラの中にほんのりと赤が見える。藤田くんのときと同じだ。みんな一色しか纏っていないものだと、私は今まで思っていた。それなのにどうして他の色が交ざっているの？

「ねぇ、購買行かない？　私お昼買ってきてなくってさ〜」

美来が私の腕を軽く掴む。一応聞いてはくれているものの、これは行かなければならない空気だった。

本当はここで作業をしていたい。時間だってないし、早めに終わらせたほうが他のグループもやりやすいはず。けれど握っていたペンを置いて、私はカバンから財布を取り出した。

行かないなんて言ったら、私と美来の関係も悪くなってしまう。友達のはずなのに、心のどこかで怯えながら一緒にいる。そのことを深く考えないようにして私は美来と教室を出た。

廊下を歩きながら、美来はスマホをいじっている。時折人とぶつかりそうになっていて危ない。

「……美来、」

「ね、明日スイラン行かない？」

スイーツ食べ放題のお店で、夏前まではめぐみも一緒に三人でしょっちゅう通っていた。けれどその店は美来の家の近くにあって、私の家からは遠い。それに明日はバイトのシフトが入っていて、行けそうにない。

「今、芋フェアしてるんだって！　紫芋のタルトがすんごいおいしそうでさ〜」

「あ、」

「それと楓の好きなモンブランもメニューにあったよ！」

言葉を挟む間もなく話が進んでいき、私は口を僅かに開いたまま声を振り絞る。

「ごめん、明日バイトがあって」

美来の笑顔が消えて、声のトーンが落ちていった。

「そうなんだ。てか、バイト辞めたんじゃなかったっけ？」

「最近また始めたんだ」

あまり興味がなさそうに「ふーん」と美来は言うと、購買に入っていく。この間も用事があって断ってしまったので、ふたりで遊ぶのを避けているように受け取られたらどうしよう。そんな不安が過《よ》ぎる。だけど実際断る理由があって、安堵している自分もいる。こんなことを思うなんて最低だ。

美来がパンを選んでいると、三年生の男子たちが数名やってきた。髪が無造作にセットされていて、制服をほどよく着崩している。その中にいるひとりが、以前から美来が憧れている先輩で、夏前に連絡先をゲットした人だった。

「美来ちゃん、パン買いに来たの？」

「はい！　先輩もですか？」

声を弾ませながら美来が片想い中の先輩と話している。会えることは滅多にないので、かなりテンションが上がっているみたいだ。先輩たちはパンを何個か選んで購入すると、私たちのほうを向いてにっこりと笑いかけてくる。

「またね」

「はいっ！」

彼らが購買を出ていったのを確認してから、美来は興奮気味に顔を手で覆《おお》う。

「やばい〜！　ほんっとかっこいい！」

「先輩に会えてラッキーだったね」

こういうときめぐみがいたら、美来になにかいいアドバイスをしたり、話を膨らませてくれていた。でも私では気の利いた言葉が浮かばない。

教室へ戻ろうとする美来に、「飲みもの買ってもいい？」と聞くと、すぐに先輩の話に戻ってしまう。

「てか、私の名前呼んでくれたんだけど！」

購買を出て、自動販売機があるほうへ行こうとすると〝楓〟と引き留められる。

「どこ行くの？」

頬をほんのりと赤く上気させたまま美来が、目を細めて微笑んだ。先輩について夢中で話していたので、先ほどの私の言葉が聞こえていなかったみたいだ。

「……自販機で飲みもの買ってくるね」

「購買で買えばいいのに」

「飲みたいやつ向こうにあって」

「いってらっしゃーい。私は先戻ってるね～」

へらりと笑顔を貼り付ける。別行動が取れることに私は今、ほっとしてしまった。

なんとなくひとりになりたい。

軽く右手をあげると、腕にはめられたバングルが肘に向かってするりと落ちてくる。

仲がいいことを証明するものであり、私の心を縛りつける枷《かせ》のようにも感じる。

そう考えた途端《とたん》に、腕が拘束されているような違和感を覚えて、もう片方の手でバングルを握りしめた。学校の中では外したくても、外せない。

財布を持った手に滲む灰色を見つめながら、ため息を零した。

まだスケジュールの作業が残っている。早く教室に戻ってお昼を食べてから作業に取りかからないと。だけど、気分は沈んだままでどうしても浮上しない。

自動販売機の前まで着くと、小銭を投入する。カラカラと、落ちていく硬貨の音を聞きながら、下段の左端を押した。取り出し口へと手を伸ばす。小さいサイズのペットボトルに触れて、思わず声を上げてしまう。

「わっ！」

予想外の温度に驚いて、取り出し口のプラスチックの蓋に腕がぶつかり、ペットボトルが叩きつけられるように床に落ちて転がった。間違いなくアイスミルクティーのボタンを押したはずなのに、何故《なぜ》か出てきたのはホットだった。

ボタンをもう一度確認してみると、この間まで夏仕様でアイスしかなかった自動販売機に、ホットのコーナーができていた。

色の認識ができていたら、こんなことにはならなかったはずだ。冷たくて甘いものを飲みたい気分だったので、がっくりと肩を落とす。けれど買ってしまったものは仕方ない。ゴミ箱の近くまで転がったホットミルクティーを拾おうとすると、誰かが先に拾ってくれた。

「なにしてんの」

顔を上げると藤田くんが立っていた。私の挙動を見られていたと知り、羞恥で頭を抱えたくなる。

「……アイス買ったつもりが、間違えてホットを押しちゃったんだ」

「そんなやつ本当にいるんだ」

苦笑しながら、何故か藤田くんはミルクティーを自分のブレザーのポケットに仕舞う。そしてお金を自動販売機に入れて、〝つめたい〟と書かれたミルクティーのボタンを押した。

「はい」

「え、でも！」

「俺はホット買う気だったから」

買ったばかりのミルクティーを私に手渡してくれる。手のひらに伝わるひんやりとした温度に、不思議と心臓の鼓動が高まる。

多分藤田くんは私のためにホットをもらってくれた。九月になったとはいえ、今日は特に夏の名残《なごり》を感じる。ホットを飲みたくなるような気温ではないはずだ。

彼は不器用なだけで本当は優しい人なのかもしれない。噂なんて、当てにならない。口調はキツいけれど、暴力的なところなんて一切見えない。それともまだ私が彼のことをよく知らないだけだろうか。

「ありがとう」

ミルクティーを大事に握りしめながら、お礼を告げる。藤田くんはポケットからホットミルクティーを取り出すと、その場でキャップを捻《ひね》った。

「展示のスケジュールのことだけど、今週中に決めたほうがいいよな」

ミルクティーを一口飲むと、一瞬「甘いな」と眉を寄せる。やっぱり買う気なんてなかったみたいだ。

「他のグループの子がまとめてくれたのがあって……」

「へえ、仕事早いな」

「……うん。すごいよね」

リーダーなんて名前だけで、私は全く仕事ができていない。頑張ってくれているのは他のグループのリーダーのめぐみだ。

「他に手伝えることは？」

「大丈夫！　今のところ私ひとりでできるよ」

「……菅野にも声かけたほうがいいんじゃねぇの」

美来は展示の作業はあまりしたくなさそうだし、昼休みや放課後を使って一緒に考えようというのは気が引ける。

「つまんなくねぇの」

「え？」

「あいつといるの退屈そう。笹原、すげえ気ぃ遣ってんじゃん」

機嫌を損ねないようにと気を張ってはいたけれど、退屈そうにしているつもりはなかった。一緒にいてしんどいことがあっても、楽しいときだってある。

「無理して笑う理由ってなんなの」

心の中にぎゅうぎゅうに押し込めていたなにかが、沸騰《ふっとう》したお湯のように熱を持って噴き出てくる。

「それは、そのほうが上手く周りと過ごせるから。でも本当に笑ってるときだってあるよ」

感情的になりたくないのに、早口で言い返してしまう。愛想笑いをしてしまっているのは、自覚している。だけどそれをくだらないと投げ出してしまったら、私の築いてきた関係は崩壊してしまう。

「そんな疲れ切った顔してんのに？」

言葉が出てこなかった。ついさっきだって、一緒にいることをしんどく感じていた。

どうしてこんな気持ちになるのか自分でもよくわからない。

ひとつだけ確かなのは、波風は立てたくないということ。できれば誰にも嫌われたくない。離れてしまっためぐみにさえも、私は嫌われたくなかった。

「……周りと上手く過ごすために、気持ちをのみ込むことだって大事でしょ」

言いたいことを言うのが必ずしも正しいわけじゃない。友達との距離が離れていくことだってある。めぐみは、そうして私たちの輪から弾かれた。藤田くんだって人と揉めて、ひとりで行動している。

「そうまでしてひとりになりたくねぇの？」

「私は……なりたくないよ」

ひとりになった途端、教室中が敵に感じてしまい、心が削られて登校する勇気すらなくなるはず。藤田くんやめぐみみたいに、自分はこうありたいと強い意志を持っている赤色ではない。灰色の私は目立たず周りに合わせて過ごすのが精一杯だ。

「誰かと一緒に行動しないと、お前ら死ぬの？」

呆れたような声音で、けれど真剣に問われて私は返答に困る。死ぬなんて大袈裟だ。でも周りと上手くやろうとして無理をしているように見える私のほうが、藤田くんには大袈裟に思えるのかもしれない。

「藤田くんみたいな人には、私の気持ちなんてわかんないよ！」

「あっそ」

「あ……」

言いすぎた。すぐに後悔して慌てて謝罪を口にしようとすると、藤田くんは背を向けてしまう。

「笹原がこのままでいいならいいんじゃね」

去っていく藤田くんを止める術《すべ》もなく、私はただ呆然《ぼうぜん》と冷たいミルクティーのボトルを握りしめる。

このままでいいと、私は本当に思っているのだろうか。心の中でなにかが引っかかっている。そんな違和感を抱えながら、私は教室へと重たい足を動かした。

教室のドアのところで美来の後ろ姿が見えて、歩みを進めていく。隣のクラスの志《し》保《ほ》ちゃんと喋っているみたいだ。美来とは同じ中学らしく、最近では時々三人でお昼を食べることもあった。

声をかけようとしたタイミングで「楓ってさ」と自分の名前が聞こえてきて咄嗟《とっさ》に立ち止まる。

「なに考えてんだかわかんないときがあるんだよねー」

背筋に氷が伝ったように、美来の言葉にひやりとする。

「さっきも一緒に来てって言えばいいのに、ひとりで自販機のほうに行こうとするし」

「ついて来てほしいけど、言えないってこと？　面倒くさくない？」

志保ちゃんが呆れたような声を上げた。自分の話が広がっていくことに得体の知れない恐怖が襲いかかってくる。

「真面目だし優しいけど、はっきりしないっていうかさ」

美来に便乗するように「わかる！」と志保ちゃんが返す。美来と親しいので話すことはあるけれど、私はそこまで親密な仲ではない。それなのに〝わかる〟なんて言葉で、私を理解しているみたいに話されているのを聞いて、モヤモヤとした感情が湧き上がってくる。

「八方美人って感じするよね。いい子なのはわかるんだけど」

「そう！　そうなんだよね〜！　それにスケジュールだって、楓ひとりでやってるから気まずいっていうか……私っている？って感じで」

「え、なにそれ。美来の前で頑張ってるアピールしてんの？」

「でもまあ悪気はないんだろうし、色々やってくれて助かるんだけど」

私が作業している姿を見て、そんな風に思われていたのかと衝撃を受けた。役に立つことをしなければという焦りはあったけれど、頑張っている姿を見せつけたいわけではなかった。

「……っ」

どうしよう。私の態度が誤解を生んだのだろうか。そんなつもりじゃなかったと、今ふたりの間に入って説明をしたら信じてくれる？

動こうとしても、足が竦《すく》んでしまう。言ったら、どんな反応をされるんだろう。

嫌われたくない。いい人でいたい。そう思っていたことは事実で、角が立たないように曖昧なことを言っていた自覚もある。そんな私を今まで八方美人だと思っていたんだ。泣きそうになるのを堪《こら》えながら、下唇を噛み締めた。

——無理して笑う理由ってなんなの。

人と上手くやるためだと思っていた。だけど笑って場の空気が悪くならないように気をつけていても、結局どこかで綻びが生じてしまう。

「あ、てか先輩のクラス、和カフェやるらしいんだよね〜！」

「えー！　絶対いこ！」

話が私のことから先輩のことに切り替わり、私は止まっていた足を踏み出す。

嫌だ。本当はあの中に、今はいたくない。だけど避けては通れない。わざわざ反対側から入ったら、それについてもなにか言われてしまうかもしれない。

バングルが手首を締めつけているような感覚に陥《おちい》る。これはひとりじゃない証《あかし》。大事なもののはずなのに、時々外したくなる。だけど結局外せない。そして臆病な私は、なにも聞かなかったように輪の中に入っていく。

笑わなくちゃ。ここで先ほどの会話を指摘しなければ、いつも通りの平和を保てる。

「あ、楓やっと戻ってきた〜！」

美来は今——どんな顔をしてる？　私が戻ってきたから、志保ちゃんに目配せしていないか、表情が硬くなっていないか。そんなことを考えてしまう。だけど、ふたりの顔を見ることができなかった。

『楓は、なに考えてんの？』

めぐみ、私はどうしたらよかった？

返ってくるはずもないのに、私は心の中で何度も問いかける。笑うことが苦しくて、手を握りしめていないと涙が出てきそうだった。


私たちが三人グループだったとき、輪の中心は美来とめぐみだった。やりたいことがあったら突っ走って進んでいく美来と、計画的で慎重なめぐみ。そして私はそんなふたりについていく。

めぐみたちは時折意見が食い違ってぶつかることもあったけれど、気心が知れた間柄だからこそ本音で話せるのだと思っていた。でも七月に入ったとき、放課後のファーストフード店でそれは起こった。

『ねえ、夏休みにウォーターパーク行こうよ！』

目を輝かせている美来は上機嫌で、スマホのスケジュールアプリを開く。

『それって、あきる野にあるやつだよね。楓は遠くない？』

めぐみの指摘に、美来は横目で私を見やる。私の住んでいるところからは二時間くらいかかる距離にあるはずだ。往復四時間と考えるとちょっと気が重い。

『でも一日遊べるし！　それに私割引券もらったの！　楓も一緒にいこうよ〜！』

美来に腕を掴まれて『お願い！』と頼みこまれる。せっかくの夏休みだし、一日くらいなら遠出をしてもいいかな。と私は頷いた。それにすごく楽しみにしている様子の美来を断りにくい。

「やった〜！　水着買わなくちゃ！」

私が了承したことによって、美来ははしゃいだ声を上げた。めぐみは心配そうにしてくれたけれど、大丈夫だよと微笑む。距離の問題はあるけれど、行きたくないわけじゃない。ウォーターパークは小学生のときに家族で行った以来なので楽しみだ。

『ねえ、あとさ！　ここ知ってる？　期間限定でトリックアート展やってるみたいだんだけど、今SNSで話題になってて！　夏休み三人で行かない？』

美来のスマホに表示されているのは、花をモチーフにしたトリックアート。私もフォロワーの投稿で見かけたことがある。極彩色な花は写真映えするので、記憶に残っていた。

『でも、これも楓だけ遠いよ。もっと気軽に行ける場所にしない？　いつも楓、私たちの家のほうまで来てくれてるんだし』

『えー……けど、ここ期間限定だよ！　一度くらい行きたくない？』

『えっと』

めぐみの言う通り、美来が提案してくれる場所は基本的に私の家からは遠い。できれば近場でも遊びたいけれど、今ここでそれを言ったら美来の機嫌を損ねてしまう。

『夏休みなら朝から遊べるし、よくない？　楓の空いてる日に合わせるよ！』

行くことは決定事項のように話が進んでいってしまう。不意にめぐみと視線が交わった。するとめぐみが食べ終わったポテトの箱を潰しながら、『あのさ、美来』と重々しい口調で話を切り出す。

『押しつけすぎじゃない？』

『え？』

美来はぽかんと口を開けて硬直する。そして、めぐみの瞳が私を捕らえた。咎めるような眼差しに見える。だけど理由に心当たりがない。

『楓も無理なら無理ってちゃんと言ってほしい』

早くなにかこの場を収める言葉を言わないと、状況が悪化していく。それなのに、〝無理なんてしてないよ〟と即答ができない。

『毎回こっち方面に来て、いつも帰るの大変でしょ？』

『それは……』

めぐみと美来の視線が同時に私へ注がれて、焦燥に駆られる。胃のあたりが鈍く痛んだ。

……いつからめぐみは、私の隠した感情に気づいていたの？

私たちがよく集まるのは、美来の行きたがる場所だった。それは美来にとっては家から近い場所で、私は電車の乗り換えをしなければいけない。そのため遊んだ帰りは帰宅ラッシュの時間帯で、家に着くまでが一苦労なのだ。

『私は電車一本だし、美来は地元だけどさ。楓は乗り換えもあるし、ここから一時間くらいかかるでしょ』

本当は学校の近くで遊びたい。けれどそしたら、今度は美来の家が遠くなってしまう。美来の家は学校の最寄り駅から、電車で約四十分かかる場所にある。

最初は美来の家の方面で遊ぶことを私は受け入れていたけれど、回を重ねるごとに大変になってきた。せっかくバイト代を稼いでも電車代で地味に出費が嵩《かさ》む。

『それなら誘ったときに言ってくれればいいじゃん！』

美来の勢いに、私は開きかけた口を噤《つぐ》む。今、遊ぶ場所を変えたいと言ったら、状況はますます悪化する。

『断ると不機嫌になるから言いにくいんでしょ』

『私のせいなの？　無理して遊んでるほうが嫌なんだけど！』

『なんですぐそうやって怒鳴るの。ただ私は、楓が我慢してるんじゃないかって話を……』

『だから私が悪いって言いたいことでしょ』

ふたりの言い合いが始まって、私は慌てて間に入る。

『私は別に無理なんてしてないよ！　こうしてみんなで遊ぶのも楽しいよ』

めぐみの思い過ごしで、私は大丈夫だと笑顔を見せる。遊ぶ場所は遠いけど、それさえ我慢すれば問題ない。今は穏便《おんびん》に収めるほうが大事だ。

『てか、みんなで遊ぶのが嫌なのってめぐみなんじゃないの？　さっきから遠いとか言って、不満そうだったし』

めぐみの中の不満を、私の不満に置き換えて話したのではないかと美来は疑いを向ける。だけどめぐみがそんなことをするようには思えない。私の帰りが大変なことや、電車賃がかかることに気づいて、心配してくれたからこそ遊ぶ場所についても言及してくれた。

でもそれを言ったら、私が抱えている本音を知られてしまう。自分を守るために言葉を発することができなかった。

『そう思いたいなら勝手にどうぞ』

めぐみは気を悪くしたのか吐き捨てるように返した。

『……感じ悪くない？』

美来にとっては、めぐみが自分の意見が間違っていたから、ふてくされてしまったように見えているようだった。

『めぐみって、平気で人を傷つけること言うよね』

咎めるように美来が言うと、めぐみが軽く笑う。けれど眼差しは冷たく、壁を感じる。

『美来だって、機嫌が悪いとき言うでしょ』

『は？　なんで人の話にすり替えるわけ？』

今回はいつもの軽い口喧嘩ではない。どちらも一歩も引く気がないようで、言葉を交わすたびに険悪になっていく。

『自分が正しいみたいな態度取られるのうざいんだけど。間違ったこと言ったんだから謝ったら？』

美来の発言によって、めぐみから表情が消えた。冷静になったように見えて、静かに怒っている。

『楓、勝手に言ってごめんね』

めぐみが私から一線を引いたように感じた。私は返答を間違えてしまったのだ。けれど、あのときめぐみの言う通りだと話したら、美来が傷ついていたかもしれない。

『空気悪くしてごめん。私、先に帰るね』

めぐみはカバンを手に取って席を立つと、ひとりでお店から出ていった。

私たちに大きな亀裂が入ったのは、この日からだった。

翌日はいつも通り三人で昼休みを過ごしていたけれど、美来がスマホを持って廊下へ出ていく。そして隣のクラスの志保ちゃんとなにやら話し込んでいる様子だった。

不穏な空気を感じたのは、私だけではない。めぐみも勘づいているようだ。廊下で話している美来たちの姿を眺めて、顔を顰めている。

それが数日続いた。毎回取り残された私とめぐみの間には無言の時が流れる。けれど、その日は廊下にいる美来から、私のスマホに着信がかかってきた。

『もしもし……』

『廊下出てこられる?』

『え、廊下?』

横目でめぐみを見やる。私ひとりだけ来てという意味らしい。でもこの状況でめぐみを置いていったら、除け者にしているみたいだ。

躊躇っていると、電話が切れてしまった。お弁当を食べていためぐみが箸を置いて、視線を上げる。

『私のことは気にしないでいいよ』

『でも』

くっつけた三つの机。けれどそこにめぐみだけポツンと残されることを想像すると、身動きが取れなかった。

『楓、早く行きなよ』

『だけどめぐみは……』

最後まで私の話を聞くことなく、めぐみはお弁当を仕舞って席を立つ。そして机を元の場所に戻して、自分の席に戻る。その後ろ姿に、私は突き放されたのだとショックを受けた。

そうして、ひとり残された私は逃げ出すように廊下に出てしまった。

今思うと、私が美来のほうへ行きやすいようにしてくれたのだと思う。このときめぐみのほうへ行っていたら、今頃私は美来との仲が拗《こじ》れていたはずだ。

翌週から、めぐみは昼休みになっても自分の席で食べるようになった。

『私、めぐみ呼んでくるよ』

席を立とうとした私の腕を美来が掴む。

『呼ばなくていいよ。めぐみは私のこと嫌いみたいだし』

『え？』

『だって私のこと気に食わない感じだったじゃん』

めぐみは遊ぶ場所について意見を述べただけで、美来のことを嫌っているわけではないはずだ。

『めぐみは、美来のこと』

『楓』

遮《さえぎ》るように力強く、美来が私の名前を呼ぶ。これ以上めぐみの話をするのは、やめてというような眼差しに、私は唇を結んだ。

『もういいじゃん。自分から離れたんだし、無理して引き戻す必要ないよ』

めぐみから離れたというよりも、そうせざるをえない空気を作ったのは美来だ。孤立させるように教室に残して、めぐみが居づらい雰囲気にしていた。

――楓、早く行きなよ。

……美来じゃない。〝私たち〟だ。

私だって関わっているくせに、自分は無関係で責任がない位置にいようとしていた。廊下に出て美来のほうへ行った時点で、めぐみを心配するよりも、私は自分を守ったのだ。それにこうなったのは、私のせいでもある。抱えている不満をめぐみに指摘されても、なにも言えずにのみ込んでしまった。

どうにかして前のように戻りたくて、グループの輪が崩れてから、私は美来の機嫌もめぐみの機嫌も取るように両方に話しかけていた。

そんな私は、〝八方美人〟に見えていたのだと思う。実際教室でひとりになっためぐみを見て、なにかあったのではないかと噂しているクラスメイトもいて、周りの目が気になってしまっていた。

私とめぐみの間にさらに亀裂が入ったのは、夏休みに入る数日前。

学校帰りにひとりで歩いているめぐみを見かけて、声をかけた。今帰り？　と他愛のない会話をしながら、周囲を見渡す。

『無理に私に話しかけないでいいよ』

冷たい口調で言いながらも、めぐみは複雑そうな表情だった。美来や美来と仲の良い子が周りにいないか、確認している私に気づいたのかもしれない。

『ごめん、めぐみと話したくないわけじゃなくって……』

前方の信号の赤色を目にして、立ち止まる。けれど、めぐみは一歩踏み出した。

待って、と手を伸ばそうとすると、車道に入るギリギリのところで、めぐみが足を止めて振り返る。

『楓は、なに考えてんの？』

苛立ちを含んだ声と、セミの鳴き声が耳の奥に反響していく。

『美来の顔色を気にしながら、私に話しかけるのはなんで？』

『それは……どっちのことも好きだからだよ』

疑わしそうな眼差しを向けられる。好きなのは事実だけど、私自身もこれが本音なのかよくわからない。

でも私が完全に美来のほうへいったら、もう以前のような関係には戻れない気がして、必死に繋《つな》ぎとめようとしてしまう。

『いつも楓は周りの意見に合わせて、自分の言いたいこと口にしないでしょ』

『私はただ……仲良くしていたいだけで……』

肌を刺すような日差しが降り注ぎ、こめかみのあたりから汗が流れ落ちる。

いつのまにか信号は青に変わっていて、警告するように点滅していた。私たちの間を生温い風が吹き抜けて、再び信号が赤に切り替わった。

『ヘラヘラ笑って、やり過ごすのやめたら？　そういう生き方って、しんどくならない？』

鋭い言葉が心を抉《えぐ》る。善人のフリをして、周りから嫌われないように笑顔を貼り付けていたことを、めぐみに見透かされていた。

『それに美来も、私と一緒にいたくないと思うけど』

『話し合いをしてみたら、なにか変わるかも……』

『本音で話し合って美来が納得すると思う？　どうせまた怒るでしょ』

だけどこのままでいいとも思えなかった。めぐみを輪から弾きたいわけじゃない。できれば仲直りをしてほしい。けれどそんなことを言ったら、美来たちの反感を買うかもしれない。

『それに楓は美来に本音を言えるの？　自分ができないのに話し合いなんて言わない

でよ』

めぐみの正論が痛いくらいに突き刺さる。本音を隠して、自分の立場を守るために私はふたりの機嫌を取っていた。そんな自分が卑怯者《ひきょうもの》のように思えて、下唇を噛み締める。

『みんなと上手くやるなんて無理だって、楓だってわかってるでしょ』

『でも』

『我慢ばっかりしてたら、一緒にいるのがしんどくなるよ』

わかってる。わかってるけれど、三人の関係を壊したくない。めぐみと美来の仲を修復したいのに、私まで心の中に溜め込んだ気持ちを言ってしまったら、もう元には戻れなくなる。我慢で平和を守れるなら、私は言葉をのみ込んだっていい。

ふたりと離れたくない。居場所を手放したくない。今私が上手くやらないと、全部壊れてしまう。

『めぐみは、美来のこと嫌いなわけではないんだよね？』

『嫌いではないけど。でも、今の状況は簡単には収まらないと思う』

美来と話すことを諦めているように見えて、スカートを握りしめる。

『私、時々息が詰まりそうだった』

『え……』

心臓が大きく跳ねて、困惑と同時に痛みのような衝撃が走る。

めぐみはいつだって言いたいことをはっきりと口にしているように見えていたけれど、気づかないうちになにか我慢をさせてしまっていたの？　本心では一緒にいたくなかった？

そんなことを考えて、過ごしてきた日々の色が褪せていく。大切に思っていたのは私だけで、めぐみは違っていたのだろうか。

『楓は私たちと一緒にいて、本当に楽しい？　不満はないの？』

すぐに頷くことができなかった。楽しい出来事はたくさんある。だけど、それ以外の感情が邪魔をして声が出ない。

好きでも、合わない部分や傷ついた言動もあった。だけど仲良くしていたい。めぐみに離れていってほしくない。

『私は不満なんてないよ。もしめぐみが私に不満があるなら……』

直すように頑張るから。そう言おうとして、めぐみの鋭い視線に口を噤む。

『嘘つき』

『待っ……！』

視界がぐにゃりと歪《ゆが》んだ。滲んだめぐみの姿に、青い空と赤信号。風に揺れる緑の葉と、車道を横切っていく水色のワゴン車。

普段は景色のひとつだったものたちが、毒々しいほどに色を主張している。目眩《めまい》がして、僅かに身体がよろけてガードレールに手をついた。平衡感覚がおかしくなり、足場の悪い場所に立っているようだった。

『もういいよ、私に話しかけなくて』

信号が青に変わり、めぐみは私に背を向けて歩いていく。手を伸ばして引き留めることもできない。眼球の裏側あたりに鈍い痛みが一定のリズムで繰り返されていた。目頭に溜まった涙が、頬に伝って落ちていく。視界は絵の具で塗り潰されたかのように灰色になり、めぐみの周囲だけが燃えるように赤く染まった。その衝撃に全身が粟立《あわだ》つ。

──なに、これ。

『う……っ』

怖い。なんで？　おかしい、こんなことありえない。色が消えた。木々も、信号も、車も、すべてがモノクロに見える。

足の力が抜けていき、その場に崩れ落ちてしまった。焼けたアスファルトの熱が私の身体を焦がす。熱いはずなのに震えて身体が動かない。

『大丈夫ですか？』

誰かに声をかけられて、視線を上げる。近くに立っていたのは年配の女性で、悲鳴を上げそうになった。けれどギリギリのところで声をのみ込んで、震える手で口元を覆う。

『具合悪いんですか？』

『ぁ……えっと、その』

女性の身体を覆うように色が見える。でもこの人は青色でめぐみとは異なる。

これはなに？　どうして人の周りに色が見えるの？

『すごい震えてますけど……動けないなら、救急車呼んだほうが……』

『っ、大丈夫です！』

今すぐここから逃げ出したい。だけどそんな力もなくて、走ることができたとしてもこの人に不審に思われてしまう。何事もないように振る舞わないと。大丈夫、できる。感情を抑えこんで顔に笑みを貼り付けた。

『ただ……目眩がしただけなので』

心配してくれている女性にお礼と謝罪を告げて、ふらつきながらも、ガードレールを支えにしながら立ち上がる。

心臓は呼吸が苦しくなるほど、激しい鼓動を繰り返していた。

——この日から灰色異常を発症し、私の世界は大きく変わってしまった。

三章

美来たちが私を八方美人だと言っていたのを聞いても、私さえ黙っていれば関係は崩れることはなく、平穏な日々が続く。だから私は〝いつも通り〟を意識しながら過ごしていた。大丈夫。私の日常はなにも変わらない。

「スケジュール、カレンダーに書き込んだから、間違ってるところがないか見てもらってもいいかな」

他のグループの子たちに声をかけて、カレンダーを手渡す。

「ありがとう、楓ちゃん。確認しておくね」

「なにか変更があったら、書き込んでもらってもいい？　それか私に連絡してくれたら書き込んでおくね」

めぐみがまとめてくれた作業の内容を元に、テーマ決めや資材集めの締め切り、作業をいつまでに終わらせるかなど、わかる範囲でカレンダーに書き込んでおいた。今のところ大きな問題はない。

「なぁなぁ、海みたいにすんのはどう？　ほら、これみたいな感じでさ！」

「わ、かわいい！　これ、なにで作ってるんだろう」

「折り紙とはちょっと違うよね」

デザインと制作グループは途中から一緒になってアイディアを出し合うようになったようで、和気藹々《わきあいあい》としている。その光景が羨ましくて、混ざれないことがもどかしい。本当はあの中に入りたい。けれど私の入る場所なんてない。

「めぐみちゃん、去年の先輩たちって青のテーマでなに作ってたか知ってる?」

「先生に聞いたら、夜空って言ってたよ。窓に暗幕つけて、電飾《でんしょく》とか使って表現したんだって」

めぐみたちが話し合っている姿を見ていると、私も藤田くんや美来にスケジュールのことを相談するべきか迷う。だけど、あまり乗り気ではなさそうなふたりを巻き込んでいいのだろうか。それに藤田くんに自動販売機の前で酷《ひど》いことを言って以来、彼と会話を交わしていない。

——八方美人って感じ。

志保ちゃんが美来と一緒になって私のことを話していたとき、それほど親しいわけでもないのに決めつけないでほしいと苛立ちが湧き上がってきた。けれど、私も同じだ。藤田くんみたいな人には、私の気持ちなんてわからないと決めつけてしまった。

藤田くんがどんな思いで私にあの言葉をかけたのか、きちんと知ろうともせず、表面上や噂だけの彼で判断していた。こんな私だから、灰色なのかもしれない。

いっそのこと周りを気にしながら貼り付けた笑顔も、上手くいかない憂鬱な日常も。

なにもかも投げ出しましまいたい。

だけど現実から逃げるわけにもいかなくて、息苦しさが増していく。

「楓ちゃん、スケジュールありがとう！」

その声に、沈んでいた意識が浮上する。渡していたカレンダーを、制作グループの子が戻しにきてくれたみたいだ。

「今のところこれで大丈夫だと思う！」

「じゃあ、黒板の横に貼っておくね」

カレンダーを元の場所に戻しに行く。あとは制作などの進行によって臨機応変に修正していけばいい。

これ以外に、文化祭当日、展示の前に立つ人のタイムスケジュールを考えないといけない。何人体制で何時間おきにするべきだろう。部活の出し物などで抜ける人や、友達と回る約束をしている人は、外してほしい時間帯もあるはずだ。逆に友達同士で一緒にシフトに入りたいという希望も出てきそうだ。

……私ひとりでこれを全部できる？

頭が痛い。灰色の視界がぐらりと揺れる。しっかりしなくちゃ。ここで私が投げ出してしまったら、クラスの人たちに迷惑をかけてしまう。

その日のバイトは、学生たちが大人数で来店したらしく息つく暇もない。特に揚げ物の注文が多く、常にフライヤーでなにかを揚げている状況だ。二時間ほど経ってようやく落ち着き、溜まったお皿を食器洗浄機にかける。

「笹原、手空いたらこれ受け渡しまで持っていって」

サラダを二人前作っていた藤田くんが、手際よくレタスやプチトマト、クルトンなどを盛り付けて、シーザードレッシングをジグザグにかけていく。それを言われた通りに受け渡し台に並べると、おぼんに乗せたスープを藤田くんが横に置いた。先ほどまではスープなんてなかったはずなのに、作業の速さに目を剥く。

「サラダとスープ二人前」

「はーい」

藤田くんの声に反応してホールの人が完成した料理を取りにくる。そして顔ににこやかな表情を貼り付けたまま、ゆっくり丁寧に、けれど迷いのない足取りでフロアへ料理を運んでいった。

厨房《ちゅうぼう》へ戻ると、先ほどの忙しさで散らかったままだった調理台の片づけをしながら、器具の場所を改めて覚える。

「そんな他の店舗と変わらねぇだろ」

「うーん、でも違ってるものもけっこうあるんだよね……」

「わかんないことあったら聞けばいいじゃん。キッチンにひとりなわけじゃねぇんだし。俺だってわかんなくなると聞くし」

藤田くんが周りに助けを求めることが意外だった。でもそれは学校での彼の姿からきている、勝手な私のイメージだ。

「暇になってきたし、季節メニューのレシピ暗記してていいけど。食器、俺が戻しておく」

あのときのことを謝るのなら、今しかないかもしれない。

「この間は、ごめんなさい！」

「なにが？」

「自販機の前で藤田くんにはわからないとか、酷いこと言っちゃったから」

「あー……あったな。そんなこと気にしてたわけ？」

あのときの発言は藤田くんを不快にさせたと思っていた。だけど私が気にしすぎていただけで、彼にとっては記憶の片隅に追いやられる程度のものだったみたいだ。ひとりで過剰に反応してしまい恥ずかしくなってくる。

「色々気負いすぎじゃねぇの」

藤田くんが顔を顰める。けれどこういう表情をしても機嫌が悪いわけではなく、おそらく彼の癖なのだ。最初は怖かったけれど、今は慣れつつある。

「ひとりでなんでもやろうとしたり、考え込みすぎっつーか。疲れねぇ？」

「私は大丈夫だよ」

「笹原の大丈夫は、真逆に見える」

レシピのメモを取ろうと手に持っていたペンが、滑り落ちそうになった。私は今まで何度も自分に、大丈夫だと言い聞かせてきた。そうしないと心が折れてしまいそうだったからだ。

「展示のスケジュールのリーダー、本当はやりたくなかったんじゃねぇの」

「でも、誰かがやらないといけないから」

「だからって、なんでもひとりでやろうとする必要あるわけ」

じわりと、嫌な感情が胃のあたりから湧き上がってくる。リーダーという役割は私にとって重い。けれど、途中で投げ出すようなこともしたくない。

「同じグループなんだし、俺とか菅野に指示出せばいいのに」

言えないよと、口に出してしまいそうだった。

私はいつも当たり障りないの言葉を口にして、笑って誤魔化《ごまか》して流されるだけ。ずっと意見なんて言えなかった。そんな私が急にリーダーになって、指示を出すなんてできるはずがない。

「別に難しいことじゃないだろ。ただ〝手伝って〟って言えばいいじゃん」

「……手伝って？」

もっと具体的にこれをしてほしいとかではなくていいのかと、私は首を傾《かし》げる。

「リーダーなのにいいのかな」

「わかんねぇことは三人で考えればいいだろ」

肩の荷がすっと下りた気がした。まとめなくちゃいけないと思って、難しく考えすぎていたみたいだ。

「スケジュールの件、他になんの作業が残ってんの」

「当日のタイムスケジュールを考えるのと、クラスの人たちの希望の時間帯とかを聞かなくちゃいけなくて……」

文化祭の当日に関することなので、まだ時間に余裕があるとはいえ、全員分のタイムスケジュールを決めるのは大変な作業だ。

「アンケートのアプリでも使って、希望時間の集計取ればいいんじゃね？」

「え、そんなアプリあるの？」

「無料であったはず」

「あとで調べてみる！　ありがとう、藤田くん」

一人ひとりに聞いて回らなければいけないと思っていたので、藤田くんのおかげで簡単な方法がわかって安堵する。

「菅野にも相談したら？　集計だって三人でやったほうが早いだろ」

「……うん」

美来に頼んだら、どんな反応をされるか怖い。地味で面倒な作業だし、やりたがらない気がする。

「なんで菅野にそんな遠慮してんの」

「遠慮っていうか……美来はあまり展示の作業乗り気じゃなかったから」

「でもクラス行事なんだから、笹原がひとりでやるべきことじゃないだろ」

藤田くんの言う通りだ。私の個人的なお願いではなくて、クラス行事のための作業。けれど、私の発言で美来の機嫌を損ねたくない。

「私みたいなのって八方美人だよね」

美来たちに言われたことを自虐気味に口にした。

周りの機嫌ばかり気にして、自分をよく見せたがる八方美人。私が灰色に染まっている理由をこういうとき痛感してしまう。

「言いたいことのみ込みすぎんのはよくねぇけど、相手に合わせたり親切にできるのはすげぇと思う」

「……そうかな」

私の言動がどう見られるのかを考えていると、時々窮屈《きゅうくつ》な檻《おり》の中に閉じ込められている気分になる。穏便に過ごす手段だと思っているし、自分で選んできたはずだけれど、こんな生き方が無性に嫌になるときがあるのだ。

「藤田くんのほうが、ちゃんと自分の意志を持っていてすごいと思う」

周りがじゃなくて、自分がどうしたいのかで生きることは簡単ではない。

「すごくねぇよ。俺は笹原みたいに人と上手くやれねぇし」

私の場合は波風立てないように表面上は良好に見せているだけで、上手くやれているとは言い難い。

「それに自分の考えがわからなくなることが一番怖かったから、人と一緒にいるのやめただけ。俺は自分勝手なんだよ。周りのことよりも、自分を優先してる」

たとえ本当に彼が自分勝手に生きているとしても、厳しい言葉の中には思いやりがある。赤色の中に交ざる緑色を見つめていると、「笹原」と呼ばれた。

「もっと自分勝手に生きてもいいんじゃね」

「だけど思ってること言ったら、関係が崩れるかもしれないし……」

「言いたいことを言って人を傷つけろってわけじゃなくて、笹原の気持ちを大事にしたほうがいいって話」

藤田くんは、注文が届いたタブレットに手を伸ばす。話を中断し、お皿の用意をしながら、私は先ほど言われたことについて考える。私は今まで居場所を守るために、自分の気持ちを蔑《ないがし》ろにして心を傷つけ続けていたのかもしれない。

翌朝、スケジュールの一部が変更になったと制作の子が教えてくれた。

「テーマが昨日決まったから、次は具体的になにを作るか今日から決めていく予定になったよ」

「なにがテーマになったの？」

「海！」

クラスカラーが青なので、それで連想したらしい。海なら小物のイメージが浮かぶので作りやすそうだ。

「予定が早まる感じだね。書き直しておくよ」

「ありがと〜、楓ちゃん」

黒板の横に貼ってあるカレンダーの前まで行き、内容の一部を修正する。

着々と展示の準備が進み出している。私もタイムスケジュールの件、早く考えないと。当日は何人ずつにするべきか、どのくらいの時間で交代か。そこを考えてからじゃないと、みんなにアンケートを取れない。

「楓？　なにしてんの？」

背後から抱きつかれて、身体がよろけた。この声は美来だ。

「スケジュールの修正してて」

「ああ……」

美来の声のトーンが落ちる。話を変えたほうがいい気がして口角を上げると、藤田くんに退屈そうだと言われたことを思い出す。退屈なわけじゃない。けれど顔色ばかりをうかがっているから、そう見えているのかもしれない。

「私のことなんか言ってた？」

「え？」

「めぐみ」

美来の口から、彼女の名前が出てきたのは夏以来だった。最近では〝あの子〟と呼んでいて、嫌悪感を露《あら》わにしていたのに、今は叱られた子どものような弱々しさを感じる。

「ううん、特には」

「……そっか」

元々美来はめぐみのことが大好きだった。一緒にいた私はよく知っている。感情的になって好意が一時的に裏返っただけで、本心ではどう思っているのだろう。そしてめぐみも、美来を嫌ってはいないと言っていた。

だけど——

『私、時々息が詰まりそうだった』

めぐみにとって、なにが一番苦しかったのか。答えが出かかっている気がするのに、それを表す言葉が浮かんでこない。

私は三人でいるとき、なにを思っていた？　今、苦しい原因はなに？

『楓は私たちと一緒にいて、本当に楽しい？　不満はないの？』

黙り込んでいた私を不思議に思ったのか、美来が顔を覗《のぞ》き込んできた。

「楓、なんか元気なくない？」

――〝手伝って〟って言えばいいじゃん。

けれど口を開いて、出たのは「そんなことないよ」という誤魔化しの言葉だった。

「そっか。ならいいけど」

簡単なように思えて、私にとっては難しい。

「ね、楓これ見て！　昨日見つけたんだけどさー」

スマホの画面を見せてきた美来が、ＳＮＳの投稿を見せてくる。美来の好きなアイドルの動画だった。

「めちゃくちゃかっこよくない⁉」

上機嫌な美来に私は相槌《あいづち》を打つ。いつもみたいに口角が上がらない。このままだと私はなにも変わらない。

「あのさ」

口の中が渇き、喉が痛んだ。声が微かに震えてしまう。

「展示の当日のタイムスケジュールなんだけど」

「あー、決めないといけないんだっけ？」

手のひらに汗が滲む。緊張を押し込めるように、ぎゅっと握りしめた。

「できれば美来にも、考えるの手伝ってほしくて」

美来から笑みが消えていく。美来があまりやりたがっていないのは知っている。嫌がられるかもしれない。けれど、これはクラス行事でできれば協力してほしい。

すると「わかった」とあっさりと返されて、私は目を大きく見開く。

「え？　いいの？」

「うん。やらないといけないことなんでしょ。てかなんで楓、そんな泣きそうな顔してんの」

乗り気ではない美来に手伝いを頼んだら不満を抱かれないかとか、志保ちゃんに愚《ぐ》痴《ち》を言いにいくかもとか、不安なことがいくつも頭の中に浮かんでいた。

「もしかして、気にさせてた？」

「美来、あんまり展示の作業したくないのかなって思ってて……」

美来が壁に貼られたカレンダーに視線を流す。そして気まずそうに歯切れ悪く、

「ごめんね」と口にした。

「正直展示ってつまんなそうって思ってやる気なかったんだよね。しかも、楓にリー

ダー押しつけちゃったし……本当は嫌だったでしょ？」

「え……」

普段ながらここで〝気にしないで、大丈夫〟と答えていた。だけど勇気を出して、美来に自分の言葉を告げる。

「本当はリーダー任されたとき、ちょっと困った」

本音の中に弱音も交ざり、溜め込んでいた気持ちが溢れ出していく。

「それに私リーダーとか今までやったことがなかったから、今もちゃんとできているかわからなくって」

言葉にしながら自覚していく。自分でも気づかないうちに、ひとりで空回りして、いっぱいいっぱいになりかけていたんだ。

「ごめん、楓」

美来が私の手を握ってくる。その眼差しは不安げだった。

「そんなに悩ませてるって思ってなくて……それに私がいるとやりにくいのかなって勘違いしてた」

本音を話したら、美来を怒らせるかもしれない。そればかり考えていた。けれど、伝え方や状況次第で、相手に届くことだってある。

『楓ひとりでやってるから気まずいっていうか……私っている？って感じで』

〝八方美人〟という言葉ばかりに気を取られていたけれど、思い返してみると私が頼らずひとりでやろうとしていたから、美来は声をかけにくかったのかもしれない。顔色をうかがいすぎて、美来に相談もせず、逆に除け者のようにしてしまった。

「私のほうこそ、ごめんね。……美来にもっと早く話したらよかった」

美来はやる気がないから、作業をしたくないはず。そうやって私は聞いてもいない本心を決めつけていた。

「さっき言ってたタイムスケジュール、昼休みに一緒に考えよ」

「うん、ありがとう」

「あ、先生にさ、毎年のタイムスケジュールどんな感じなのか聞いてみない？　そしたら考えやすそう！」

美来の思いを知れて、抱えていたものが軽くなっていく。あのままいつもみたいに言葉をのみ込んでいたら、いずれ私には限界が来ていた。

不意に視線を下げると、手のひらに滲んでいる灰色が薄くなっているように感じた。

なんで……？

目を凝らしてもう一度見ても、やっぱり薄くなっている。もしかして、私に変化があったから？

そうだとしたら、纏っているオーラはいくらでも変えることができるのかもしれない。

　昼休みに職員室まで行き、担任の先生に昨年先輩たちが作ったタイムスケジュール表をもらった。微調整は必要だけど、だいたいはこの通りでいけそうだった。

　教室でお昼を食べながら、昨日藤田くんに教えてもらったことを美来に話す。

「アンケートアプリ？　そんなのあるんだ」

「藤田くんが教えてくれて。私もその方法がいいかなって思うんだけど、どうかな」

　美来はコンビニのおにぎりを食べながら、空いている右の指で丸を作る。

「全員に聞いて回るより絶対楽でいい！　てか、藤田くんって案外協力してくれるんだ。行事とか嫌がるタイプかと思ってた。ほら、体育祭も乗り気じゃなかったじゃん」

　五月にあった体育祭では競技には出場していたものの、あまり積極的に参加している感じではなかった。打ち上げに不参加だったのは藤田くんだけだ。だからそういうイメージがついているみたいだ。

「アンケートの集計も一緒にしてくれるって」

「へー、意外。あ、藤田くん」

　ちょうど藤田くんが教室に戻ってきた。美来の声が聞こえたらしく、一度立ち止まってからこちらへやってくる。

「なに」

藤田くんが机の上に視線を落とす。過去のタイムスケジュールが書いてある紙を見て、「展示の件？」と聞いてくる。

「美来の提案で、去年先輩たちが使ったタイムスケジュールもらってきたんだ」

「じゃあ、組みやすいな」

近くの椅子を引っ張ってきて私たちの横に座った。藤田くんは紙を手に取り、目を通していく。

「俺らのクラス、これよりふたり少ないから、人数の調整したほうがよさそうだな」

「朝は人があまり来そうにないから、そこを減らすのがいいかな」

私の案に藤田くんが頷いてくれる。

「笹原。昨日話したアンケートのアプリ、どれかわかった？」

「あ、うん。これだよね？」

昨夜スマホにダウンロードしておいたアプリを開く。試しに使ってみたけれど、アンケートの項目もたくさん作れるので使いやすい。

「それ。とりあえず何時の担当がいいか希望を第三まで取るのと、無理な時間帯も聞いたほうがいいよな」

「そうだよね。待って、今メモ取る」

「メモ取んの好きだな」

バイトでもメモを取っていたことを思い出したのか、藤田くんに笑われてしまう。

「だってあとで抜けがあったら嫌だから……」

「悪い意味じゃねぇって。真面目なのはいいと思うし」

「なんかふたり仲良くない？」

私たちのやりとりを見ていた美来は目を瞬《しばた》かせた。

藤田くんと視線が交わる。けれどすぐに逸らされ、藤田くんは「別に」と濁してくれた。私に気を遣ってくれたみたいだ。

なんとも言えない気持ちになる。でも少し前の私だったら、美来にどう思われるのかを気にして話せなかった。私たちに関わりがあるからといって悪いことなんて、なにひとつないのに。

「バイト先が一緒なんだ」

美来だけじゃなくて藤田くんまでもが驚いたように私を見た。

「まじ？　すごい偶然じゃん！」

予想外なことに美来は食い気味で、本気でびっくりしているようだった。

藤田くんとバイト先や最寄駅が同じことなどを、一通り美来に打ち明ける。私たちに関わりがあることを知っても美来の態度は変わらない。

身構えていたけれど、話してみれば大したことはなかった。勝手に想像して私がずっと怯えていただけだった。

それから私たちは昼休みが終わるまでタイムスケジュールについての話し合いをして、アプリを使ってアンケートを作成した。他のグループの子にＵＲＬを送り、グループ内で拡散してもらう。あっというまに作業が進んでいった。それは私だけではできなかったことで、ふたりが手伝ってくれたおかげ。

ひとりで上手くやらなくちゃと考えていたけれど、自分の気持ちを伝えることで、いい変化が起こることだってたくさんあるんだ。

『楓は、なに考えてんの？』

もしもあのとき、めぐみに私の本当の気持ちを伝えることができていたら、私たちの関係は今と変わっていたのだろうか。

＊＊＊

九月の下旬に差し掛かる頃には、新店舗でのバイトに慣れてきた。

「笹原」

「はい！　唐揚げ、今揚がったよ」

バイト先でも藤田くんと息が合ってきているように思う。指示を受けなくても、よく注文が来るメニューの動きは読めてくる。

「唐揚げと、フライドポテトです！」

受け渡し台に完成した料理を置くと、唐揚げの盛り付けが崩れてしまった。このまま出すわけにはいかない。

「すみません、すぐやり直してきます！」

「私が直すから、大丈夫だよ」

岡辺さんが近くにあったお箸を取って、唐揚げの位置を整えてくれた。

「ごめんなさい！」

「あとちょっと忙しい時間続くけど、頑張ろ！」

励《はげ》ますように、にっこりと微笑んでくれる。岡辺さんだって店が混んでいて大変なはずなのに疲れを一切見せない。どんなに忙しくても周りのフォローをしたり、気を配ってくれている。料理を運んでいく彼女の姿を眺めながら、私は気を引き締めた。

それから一時間くらいして、ようやくピークが過ぎた。

調理台を片づけていると新しい注文が入る。藤田くんはタブレットをいじり、レシピを画面に表示させた。

「ベリーパフェ、作ってみる？」

「作りたい！」

食いつく私に、藤田くんがおかしそうに笑う。眉間にシワを寄せることが多い彼が、こういう表情を時々見せてくれるようになった。だんだんと打ち解けてきているような気がする。

「じゃあ、頼んだ」

パフェを作るのはほとんど藤田くんが担当していたので、私が作るのはあの日以来だ。ソースの色が見分けられるか心配ではあるけれど、ストロベリーソースはつぶつぶとした果肉が入っているため見分けがつく。

パフェグラスの中に、角切りのミルクスポンジケーキやシリアル、小さめのマシュマロなどをレシピ通りの順番で入れていく。アイスをディッシャーでくり抜いて盛り付けてから、ホイップクリームを絞る。けっこう上手くできた。

あとはソースをかけるだけだ。調理台の上にあるソースの容器を手に取ろうとして、動きが止まる。

「笹原？」

つぶつぶとしたものが入っているソースの容器がふたつ並んでいた。ブルーベリーソースの存在をすっかり忘れていた。どちらがストロベリーなのかがわからない。

「仕上げは、ストロベリーソース」

「あ、うん……」

　ストロベリーソースのほうがよく使うので減りが早いはず。そう考えて、手を伸ばそうとすると手前の容器を藤田くんが掴んだ。

「早くしねぇと、アイスが溶ける」

「ご、ごめんなさい！」

　危なかった。間違えてブルーベリーのほうの容器を手に取ってしまうところだった。

　無彩色の視界でも問題なくやれていたけれど、ソースのことは避けられない。毎回味見をしてからかけるわけにもいかないし、なにかいい方法を考えなくては。焦りを覚えながらも最後にミントを乗せて、パフェのオーダーを完了した。

　あと三十分ほどで上がる時間になった頃、藤田くんが私の目の前に飲みものが入ったグラスを置いた。

「笹原、イチゴミルク飲める？」

「うん、飲めるよ」

　グラスに注がれたジュースをまじまじと見つめる。視界がモノクロとはいえ、二層になっているのはわかる。

「フルーツ系のソースとミルクが賞味期限の問題で今日で廃棄だから、店長が使っていいって。飲む？」

「そうなんだ。じゃあ、もらうね。ありがとう」

長いスプーンで、かき混ぜてからひと口飲む。口内に広がった味に、違和感を覚えて眉を顰める。

「あの、これ……」

——イチゴミルクじゃない。

甘いけれど、イチゴソースの味ではなくて、酸味も控えめだ。

「なに？」

もう一度飲んでみる。けれどやっぱりイチゴの味ではない。それにこの味には覚えがある。わかりそうでわからないのがもどかしい。

「……本当にイチゴミルク？」

藤田くんは目を伏せて、「ごめん」と口にする。

「気になることがあって、試すようなことをした」

「え、じゃあこれって……」

「ブルーベリーソース入れた」

答えを言われて、かかっていたモヤが晴れていく。けれど、それと同時に試すようなことをしたという発言に動揺が走る。

「笹原、色が見えてないよな」

首に手をかけられたような息苦しさを覚えて、喉が痙攣《けいれん》するように震えた。

「前にパフェ作ったときにも違和感があって、今確信した」

知られてしまった。自分から言うべきことだったのに、こういった形で知られてしまい、不信感を抱かれたかもしれない。

「もしかして、自販機のときも色が見えてなくて間違えて押した？」

「ぁ、あの……っ、ごめんなさい！」

藤田くんは理解できないといった表情だった。

「色が見えないのに働いてるなんてダメだよね……本当は私からちゃんと申告しないといけないことなのに」

「事前には言ってほしかったけど。でも、謝ることではなくね？」

「え……」

「色が見えないって、いけないことなわけ」

首を横に振る。色が見えないこと自体は、不可抗力で悪いことなわけではない。だけど、私自身が黙っていたことに問題があるのだから、責められてもおかしくない。

「生まれつき見えねぇの？」

「……夏休み前から」

「は？　夏休み？　それって最近じゃん」

あるときから周囲が無彩色に見えるようになったこと。そしてネットで見た灰色異常という都市伝説のような症状に似ていて、人が纏っている色だけは唯一見えるということを打ち明ける。

「聞いたことねぇな」

「あんまり有名な症状じゃないみたい。それにいくら調べても医学的な病名が出てこないんだ」

「とりあえず事情はわかったけど……早く治るといいな」

藤田くんは怒ることなく、むしろ心配をしてくれるように気遣う口調だった。いつ治るのかもわからない。もしかしたら一生このままなのではないかという漠然とした不安に駆られる。

「親に話したほうがいいのかな」

「言ってねぇの？」

「うちの親、心配性っていうか……多分話したら大騒ぎしそうで言えなくって」

バイトだってさせてくれるし、特に門限もなく、過保護なわけではない。けれど姉が高校のときに病気になったことがあり、それ以来、体調面に関しては過敏に反応するようになったのだ。

私が原因不明の灰色異常というものを発症したと聞けば、おそらくは病院に連れていかれる。それに突然人のオーラが見えるなんて言ったら、変になったと思われてしまいそうで怖い。

「話すかどうかは笹原の自由だとは思うけど。日常生活で困ることとかねぇの？」

「最初は食べものとか、変な感じがしたかな。でも見なければ味はちゃんとするから気にならなくなった。あとは私服が困るかも」

以前から持っている服なら色がわかるけれど、新しい服は色がわからないので買えない。組み合わせだってイメージができない。そのため去年も着ていた無難な服を選んでいる。

「なんか困ったことあれば、できる限り協力する」

「……いいの？」

「バイトで困ることがあれば、その都度聞いて」

藤田くんは私が灰色異常を黙っていたことを責めることはなかった。むしろ優しい言葉をかけてくれる。自分の中で決めつけて完結せずに、早く話すべきだった。

「ありがとう、藤田くん」

「礼言われるほどのことしてねぇけど」

苦手なはずの赤色。だけど彼を知るにつれて、苦手意識が薄れていく。隠れていた緑色は、接してみないとわからない彼の一面なのかもしれない。

バイトが終わって裏口から外に出ると、突如肩に重みがのしかかってくる。前のめりになりながら、体勢を立て直すと、明るい声が頭上に響いた。

「楓ちゃん、おつかれ～！」

肩を組んできた岡辺さんは、なにかを企んでいるように口角を上げる。

「このあと時間ある？」

「え、うん」

「やった～！」

断りにくいというのもあったけれど、好奇心も混ざっていた。でも岡辺さんの用事に見当がつかない。後ろをついていくと、お店の駐車場までたどり着いた。そしてその近くにはひとりの男の子が立っている。

「藤田～！　お待たせ！」

「おー」

気怠《けだる》げに返事をする藤田くんと何故か合流し、私たちは夜道を歩き始めた。この三人で話すのは初めてで、なんだか落ち着かない。行き先を知らぬまま、私は岡辺さんと藤田くんに挟まれて歩いている。

「これからどこ行くの？」

「聞いてねぇの？」

藤田くんが呆れたように岡辺さんを見た。

「岡辺、なんて言って誘ったわけ？」

「時間ある？　って聞いたよ」

「もう少しまともな誘い方しろよな」

「あー、ごめんごめん。言葉足らずだったね〜」

ふたりの会話から、仲の良さがうかがえる。ホールとキッチンであまり関わることはないだろうけれど、岡辺さんが人懐っこい性格だからか、藤田くんとも打ち解けているのかもしれない。

「コンビニにいこうと思って！」

「コンビニ⁉」

行き先を聞いて、素《す》っ頓狂《とんきょう》な声を上げてしまう。

「アイス買って、それで公園で食べようよ〜！　楓ちゃんと話してみたかったんだよね〜！」

無邪気な笑みが眩《まぶ》しくて、つられるように私は頬が緩んだ。

「笹原、嫌だったら断っていい。こいつ面倒くさいし」

「え、楓ちゃん嫌？」

子犬のような潤《うる》んだ眼差しの岡辺さんに、私は首を横に振る。

「アイス食べたい！」

「やったー!!」

「……声、うるせ」

バイト帰りの夜の街に、まだ知り合って間もないバイト仲間のふたりとアイスを外で食べる。私はそのことにわくわくしていた。

近くのコンビニでそれぞれアイスを選んでから、夜の公園へ向かった。木製でできた大きなアスレチック遊具に登り、コンビニ袋からアイスを取り出す。岡辺さんは棒つきのアイスを掲げた。

「では、楓ちゃんの歓迎会ってことで！」

「私の歓迎会だったの？」

「せっかく同い年だし、親睦《しんぼく》深めたいなーって」

藤田くんがここにいる理由がようやくわかった。乗り気には見えないので、内心帰りたがっているかもしれない。

「嫌々来たわけじゃねぇからな」

「えっ」

「気にしてそうだったから」

見抜かれてしまっていたようだ。けれど、その言葉を聞いて安心した。心に芽生えた感情はくすぐったくて、頬がほんのりと熱くなる。

「ありがとう。私、こういうの初めてで……嬉しい」

岡辺さんはにっこりと微笑んでくれた。藤田くんはわかりにくいけれど、口角が先ほどよりも上がっている気がする。

「じゃあ、食べよっか！」

「いただきます」

私は小さな箱に入ったお餅の形をしたアイスを取り出す。中に入っていたピックでさして、口に運ぶと柔らかい求肥《ぎゅうひ》の食感とバニラアイスの甘い味に口内が満たされていく。岡辺さんが食べているのはソーダ味の棒つきアイスで、藤田くんはチョコレートでコーティングされているバニラアイスだ。

「これ、やる」

藤田くんが私の前に差し出したのは、ペットボトルだった。サイダーと書かれていて、小さな気泡が立ち昇って消えていくのが見える。

「もらっていいの？」

「笹原の歓迎会だし」

サイダーと藤田くんを交互に見ながら、目を瞬かせる。

「いらねぇなら俺が飲むけど」

「い、いる！　ありがとう！」

ペットボトルの表面に手のひらが触れると、冷たい水滴が付着する。割れものを扱うように大事に受け取って、傍に置いた。藤田くんが私のために買ってくれたのだと思うと口元が緩む。

「そんなの売ってたんだ！　色きれ〜！」

「水色、珍しかったから」

藤田くんと視線が交わる。きっとあえて色を口にしてくれた。そのおかげで、水色をしているのだとわかり、頭の中で淡い水色を想像する。実際に色を見ることができないのが残念だった。

「てか、私にも言ってよ！　そしたら楓ちゃんに私もなにか買ったのに〜！」

「岡辺に言ったら声がでかいから笹原に筒抜けになる」

「秘密にしたかったんだ？」

からかうようににやりとする岡辺さんに、藤田くんは不服そうに「うるさい」と返した。

サイダーのキャップを捻る。爽快な音がして、甘い香りが漂《ただよ》う。口に含むと、しゅわっと弾けて舌が刺激された。かき氷のシロップを炭酸に混ぜたような懐かしい味がしておいしい。炭酸が抜けないようにキャップをきつく閉めていると、岡辺さんが「そうだ！」と大きな声を上げる。

「岡辺さんじゃなくて〝知夏〟って呼んで！　私も楓ちゃんって呼んでるしさ！」

ね？と懇願されて頷く。

「……知夏ちゃん」

緊張しながら名前を呼んでみると、知夏ちゃんは顔を綻ばせた。

「友達、久々にできて嬉しいなぁ。てか、私も普通科にすればよかった！」

「商業科って授業とか大変なの？」

「授業より、先生がすんごい怖くて！　こーんな目つきで〝スカートが短い！〟〝その耳についてる輪っかはなんだ！〟って叱ってくるの！」

先生の話し方の真似《まね》をしながら話す知夏ちゃんを見て噴き出してしまう。日頃から、いろんな注意を受けているらしい。常に人に囲まれていそうな明るい性格なので友達は多そうだ。

「中学の頃も似たような注意受けてたよな」

ため息交じりに藤田くんが指摘すると、知夏ちゃんは眉を下げて笑う。

「確かに。なんで先生ってスカートの長さとか気にするんだろうね〜」

「もしかして、ふたりは同じ中学なの？」

「うん。中三のとき同じクラスだったんだよね」

あまり人を寄せつけない藤田くんが、知夏ちゃんとは気さくに話していた理由がようやくわかった。

アイスを食べ終わった知夏ちゃんが立ち上がり、アスレチックで遊び始める。軽快な足取りで滑り台の前まで行くと、なにかを拾い上げて顔を顰めた。

「うわぁ……こういう子どもが遊ぶ場所で、吸うのも捨てるのもやめてほしい」

白くて細長いものを指先で摘《つま》むようにして、こちらに見せてくる。どうやらタバコの吸殻のようだ。

「この中、捨てれば」

アイスが入っていた袋に、吸殻を入れるように藤田くんが促すと、知夏ちゃんは首を横に振った。

「いいって。なんかあったら嫌じゃん」

タバコから連想するのは、藤田くんの停学の件だ。吸殻を持って帰るのは、万が一のことを考えると避けたほうがいいという知夏ちゃんの気持ちもわかる。

「別に家で捨てれば大丈夫だし、気にすることねぇだろ」

立ち上がり、私は片手を挙げる。

「私が持って帰る！」

「え？」

ふたりの声が重なり、不安げな表情をされた。

「お父さんタバコ吸う人だから、それに紛れ込ませて捨てるよ！　だから、これは私が持って帰るね！」

知夏ちゃんから吸殻を受け取って、コンビニ袋の中に捨てる。

「でも、楓ちゃん……親に見つかったらなにか言われちゃわない？」

私に持って帰らせることを躊躇っているみたいだ。けれどどのみち誰かが持って帰るのなら、私は抵抗なく家に持って帰って捨てられるので適任だと思う。

「大丈夫！　聞かれたら、公園で拾ったこと親に説明するよ」

「悪い、気にさせて」

藤田くんが謝る必要なんてないのに、申し訳なさそうだった。

「てかさ、藤田。このままでいいの？　過ごしづらくない？」

知夏ちゃんが指しているのは、今回の吸殻の件ではなくておそらく藤田くんの噂のことだ。

「噂なんて、いつかみんな興味なくすだろ。それにひとりでいるのは楽だし」

「タバコのことも、暴力のことも、藤田はやってないんじゃないの？」

私も藤田くんと接していて、暴力を振るうような人には思えなかった。言葉はきついけれど、乱暴な人ではない。

「真実なんてみんなどうだっていいんだよ。ただおもしろおかしく人のことを話のネタにしてるだけで、噂に俺の意見なんて求められてない」

「噂、嘘なの？」

藤田くんは、なにか言いたげな眼差しで私を見た。自分がやったことは正直に認めそうなのに、彼の言い方では噂は事実ではないように思える。

「……なんかどうでもよく思えなくて。私だったら、そのままにするの嫌だなって」

もしも自分の悪い噂が立って、嘘が交じっていたらもどかしくなる。綺麗さっぱりなかったことにするのは難しくても、できるだけ誤解を解きたい。それに藤田くんは否定することを諦めているようにも感じる。

「タバコは俺のじゃない」

藤田くんは食べ終わったアイスの袋を片手で握り潰しながら、苦い表情を浮かべた。

「一緒のグループにいたやつらので、俺のだって嘘つかれた。けど、そのあと揉めて喧嘩になったのは本当。先に殴ってきたのは向こうだけど、それも俺が殴ってきたからだって言われて、元凶って扱いされた」

友達に罪をなすりつけられて、そのまま藤田くんだけが停学になったなんてあんまりだ。真相は一切学校で広まっていないようで、藤田くんが悪者にされている。

「藤田くんは噂を学校で否定しないの？」

「俺を知らないやつが、タバコ吸って友達と揉めて停学って聞いたら、そういうやつなんだって思うのが当たり前だし、誤解を解く証拠なんてねぇじゃん」

表面だけを見て、多くの人が判断してしまう。私はこうして藤田くんと関わることがあって彼を知ることができたけれど、以前は噂を鵜呑《うの》みにしていた。

「話しかけてくるやつなんてほとんどいねぇし。それに否定したところで嘘をついてるって思われて終わりだろ」

真実を明らかにするための行いが、必ずしもいい方向へ進むとは限らない。人によっては言い訳だと取られてしまうことだってある。

「だったらひとりでいたほうがマシ」

「でも、これで真実を知る人が私と楓ちゃんのふたりに増えたってことだね」

「別になにかが変わるわけでもねぇけど」

彼は強く見えるだけで、実際は強くいなければならない状況だったのかもしれない。

ふとめぐみのことを思い出す。

私たちから離れても、平気そうにしているめぐみは強いと思っていた。だけど彼女も同じで、強くいようとしているのだろうか。

「かわいくないなー。感動する場面じゃん！」

知夏ちゃんは滑り台を使って砂利《じゃり》の上に降りると、今度はブランコを漕《こ》ぎ始めた。

「……なんで嘘をついたり、誰かを悪者にしたりするんだろう」

ぼそりと呟《つぶや》いた言葉はどうやら届いてしまったらしい。知夏ちゃんが「きっとさ」と口を開く。

「みんな必死なんだよ」

勢いよくブランコが前後すると、ブランコの鎖が錆《さ》びた音を立てる。

「学校の中で自分を守って生きるために必死で、手段を選ばない人も中にはいるから。だって、誰も守ってくれないじゃん。自分のことは自分で守らないと」

知夏ちゃんの言う通り、藤田くんを悪者にした人も、自分がタバコを吸ったことを隠すためになすりつけたのだろう。

「自分を守るための手段だったとしても、そのせいで誰かが犠牲になるなんて……」

「他人より自分を守るほうを選択するやつなんて、たくさんいるだろ」

吐き捨てるように藤田くんが言った。停学の件で彼はそれを目の当《ま》たりにしたのだ。

自分を守る選択。私もそうだ。めぐみと美来が揉めたとき、間に割って入るべきだったのに、私は本音を隠した。

「さ、そろそろ帰ろっか！」

ブランコを降りた知夏ちゃんが、再びアスレチック遊具に登ってくる。

「楓ちゃん、藤田、今日はありがと～！」

「こちらこそ、ありがとう。楽しかった」

それぞれゴミの片づけを終えて、三人で公園を出る。解散するのが名残惜しい。そんなことを考えながら歩いていると、知夏ちゃんが立ち止まった。

「どうしたの？」

「お願いがあるんだ」

「……お願い？」

笑みを浮かべているように見えるけれど、表情が硬いように見える。

「うん。藤田にも、楓ちゃんにも」

夜を纏った空の下で、知夏ちゃんの周りだけが街灯に照らされていて、スポットライトを浴びているようだった。寂しげな表情に視線が奪われる。

「学校で私を見かけても、絶対に話しかけないで」

拒絶するような言葉に耳を疑う。

「なにがあっても。お願い」

先ほどまで楽しく談笑していたはずなのに、親しいことを知られるのを嫌がっているように聞こえた。

「わかった」

何故か藤田くんはなにも聞かない。私だけが戸惑っていて、置いてきぼりを食らっている。

「ごめんね」

困惑を察したのか、なにも聞かないでというように知夏ちゃんが微笑んだ。

四章

学校で話しかけないでほしいという知夏ちゃんの意図はわからない。けれど理由がわからないまま告げられた言葉は心に引っかかっていた。

せっかく仲良くなれたと思ったけれど、知夏ちゃんにとって私は関わりを知られたくないような存在なのだろうか。そのことに複雑な気持ちになる。

今週はシフトが被っていないので、知夏ちゃんと次にバイト先で顔を合わせるのは来週だ。会うのが少しだけ気まずい。

「楓～？　次体育だよ！」

「あ、ごめん！　準備する！」

授業の教科書を仕舞って立ち上がり、机の横にかけていた体育着を入れているトートバッグを手に取った。そのまま美来と廊下に出る。

「アンケート、順調に集まってる？」

「けっこう集まってるよ。でも部活の人たちは来週にならないとわからないみたい」

美来がこうして展示のことを気にしてくれたことに、変化が出てきていることを実感する。あのとき、手伝ってほしいと言えたおかげだ。

「じゃあ、まとめるのは来週か再来週くらいかな～」

体育着の入ったカバンを持ち上げながら、美来が伸びをした。

「てかさ、藤田くんって意外と怖くないね！　普通に会話してくれるし」

「バイト先でも困ったときはすぐフォローしてくれて優しいよ」

「へー！　今まで喧嘩っ早いとかそういう話ばっかり聞いてたから、キレやすい人なのかと思ってた！」

タバコに暴力。そういった噂がひとり歩きしている。だけど本人と話してみれば、美来みたいに思う人だっている。私もそうだった。

角を曲がると、お喋りをしている男女の姿が目にとまった。男子ふたりと話している女子は緩く巻かれた髪を耳にかけていて、フープピアスが見える。

――間違いなく知夏ちゃんだ。

バイト先で見るような無邪気さはなく、大人びた表情を浮かべていて遠い人のように感じた。私は彼女の望む通りに知らない人のフリをして通り過ぎていく。美来と一緒に階段を下っていると、女子三人組とすれ違う。その瞬間、「うわぁ」と蔑《さげす》んだような声が聞こえた。

「岡辺、また男といる」

「男しか喋ってくれる人いないからじゃん？」

嫌悪を含んだ話し方をしながら、嘲笑《あざわら》っている三人の女子たち。〝岡辺〟と言ったように聞こえて、胸騒ぎがする。

一階に着くと、美来が一度振り返ってから声を潜めるようにして言った。

「商業科、怖いなぁ」

「……今の子たちみんな商業科なの？」

「そうだよ〜。男子と喋ってた派手な子、クラスでかなり嫌われてるらしくってさ」

派手な子というのは、おそらく知夏ちゃんのことだ。明るくて人懐っこくて、友達に囲まれていそうな知夏ちゃんが嫌われているなんて、思いもしなかった。

「クラスの友達の彼氏奪ったんだって。それで揉めたときに、謝りもせずに自分は悪くないとか開き直ったらしくてさ」

「……そう、なんだ」

「しかもそのあとも人の彼氏と仲良くしたとかで、さらに揉めたんだって」

男好きだとか、人の彼氏を欲しがるだとか、そんな風に言われているらしい。

バイト先での知夏ちゃんは性別とか関係なく話しかけているように見える。それに藤田くんに対しての接し方も、さっぱりとしていた。

「女子が多いクラスだから、揉めると大変みたい。あの子、クラスの女子たちから無視されてるんだって」

噂されている内容と、私の知っている知夏ちゃんは別人のようだった。

私がまだ知夏ちゃんをよく知らないからなのか、あるいは藤田くんの噂のように知夏ちゃんの件も誤解が生まれている可能性もある。

知夏ちゃんが話しかけないでと言ったのは、私が親しげに話しかけると飛び火してしまうと心配してくれたからなのだろうか。

週末、藤田くんとバイトのシフトが被り、朝から忙しく過ごしていた。平日とは比べものにならないほど、オーダーが入る。

「笹原、パフェの注文入った」

「え、でも……私」

ソースの見分けがつかない私が作っていいものなのか困惑する。

「いいから、作って」

「う、うん」

ソースは藤田くんに確認すればいいという意味なのかもしれない。メニューをタブレットに表示しながら、自力でできる工程までを作っていく。

「冷蔵庫、見て」

そう言われて、調理台の下にある冷蔵庫を開けると、並んでいるソースの容器に見慣れない横長のなにかがついている。

「え……これ」

「ラベルシール。それなら見分けつくだろ」

指先でソースの名前が書かれたラベルシールをなぞると、つるっとした質感で濡れても水を弾きそうだ。

「これ、藤田くんが作ってくれたの？」

「あったほうが便利かと思って」

涼しげな表情でなんてことないように彼は言うけれど、私にとっては貼ってあるのとないのとでは、大きく異なる。ソースを使うメニューでの不安もなくなり、これで問題なく作れるようになった。

「ありがとう！　パフェ作るときも、迷わないでできる！」

嬉しくて少々興奮気味にお礼を告げると、藤田くんが目を細めて笑った。

「いいから早く、作れって」

口調から厳しさは感じなくて、最初よりも素っ気なさがなくなっている。

私の中でも藤田くんに対して変化が起こっている。今では緊張も綺麗さっぱり消えて、むしろシフトが被っているとバイトの時間が楽しく思えていた。

半日のバイトがようやく終わり、外に出るとまだ空は明るい。家に帰ったらなにをしようかと考えていると、裏口のドアが開いた。

「おつかれ」

「あ、おつかれさま」

私よりも藤田くんのほうがお店から出るのが遅いのは珍しかった。それに、追い越していくこともなく、私に歩調を合わせるように歩いている。

「なんかあったわけ？」

「え？」

「今日、最初様子おかしかったから」

知夏ちゃんのことを、藤田くんに聞いていいものなのか悩んでいたときのことだろうか。だけど結局切り出す言葉が思い浮かばなかったのだ。

「俺になんか聞きたいことありそうに、チラチラ見てきてただろ」

そんなに見ているつもりはなかったけれど、無意識に藤田くんに視線が向いていたらしい。

「学校で、知夏ちゃんを見かけて」

「あー……そういうことか」

なにについての話なのか、すぐに察したみたいだった。

「藤田くんは知夏ちゃんが話しかけてほしくない理由、知ってたの？」

「一応知ってる。学校で女子たちに、文句言われてんの聞いたことあったから」

「そうだったんだ」

信号に差し掛かり、藤田くんが足を止めて私の腕を掴む。

「赤」

「あ……うん。ありがとう」

大きな手はすぐに離れていった。熱がほのかに手首に残っていて、空いているほうの手でそっと触れる。藤田くんは優しい。ぶっきらぼうでわかりにくいものの、彼の気遣いは接していると伝わってくる。

「俺らにできることないだろ。本人が関わるなって言ってたんだから」

「でも、」

「岡辺だっていずれ笹原に知られるってわかってたから、ああ言ったんだろ。話しかけるなってことは、無理に助けようとしたり、気に病むなってことだよ」

クラスの女子たちから無視をされて、陰口を叩かれている知夏ちゃんを放っておくことに抵抗があった。だけど、確かにできることはない。

「一番厄介なのは中途半端な同情じゃね？　他人が口を出したら、エスカレートする可能性もあるだろ」

中途半端な同情。私の今抱いている感情はそういうものなのだろうか。藤田くんが言いたいこともわかる。覚悟がないまま首を突っ込めば、知夏ちゃんに余計に被害が及ぶことだってあるのだ。

「もしも同じクラスだったら、できることもあったのかな」

「そういうの見て見ぬフリをするやつなのかと思ってた」

息をのみ、喉に針が刺さったような痛みを覚える。今までの狡い自分を見透かされているようだった。

「……そうだね」

彼の言う通り、私はそういう人だ。同じグループのふたりが揉めたのに、どちらにもいい顔をして、最終的には自分の居場所を守った。

「私ね、相手の表面だけを見て判断してたの。灰色異常を発症して、人のオーラの色が見えるようになってからは、前よりももっと他人を決めつけるようになってた」

信号の上側の絵が光り、青に変わったようだ。けれど足が動かなかった。

「……こんな私だから、自分のない灰色のオーラなんだろうな」

藤田くんのことも悪い噂と第一印象から、赤色だからこういう人だって勝手に分類していた。だけど接していくうちに優しさに触れて、自分の視野が狭かったことを思い知らされた。

「流されやすいのかもしれねぇけど、笹原は自分が全くないわけじゃない」

「え……？」

「俺の噂が嘘だって信じてくれたし、今だって岡辺のこと信じたいんだろ。それは笹原自身の意思だと思う」

私の意思……そっか、そうなのかも。

〝自分がない〟わけじゃなくて、周りを気にしすぎて自分を見失っているだけ。灰色が薄くなったのは、自分の意思を取り戻し始めたから。

「岡辺のことは本人が話してくれたら、それを俺らは信じればいいんじゃねぇの」

「……そうだよね」

知夏ちゃんとは今まで通り接するのが一番で、本人も気を遣われることを望んでいない。助けを必要としていたら、きっとあの夜に知夏ちゃんは打ち明けていた。あえて話しかけないでと言ったのは、巻き込まないため。

頭では理解しているものの、複雑な感情はなかなか消えなかった。


月曜日の放課後、日直だったため居残りをして日誌を書き上げていると、教室は休み時間のように賑やかだった。

「設計図こんな感じかな？」

「ここの板って、空き部屋に残ってる板使うんだっけ」

文化祭に向けて作業しているようだ。展示について話し合いをしている人たちや、既に決まっている小物をハサミやカッターなどを使って作成している人たち。

その輪から弾かれるように、私はひとりで席に座って日誌を書いていることが、虚《むな》しく思えた。同じクラスの一員なのに、私だけ別のクラスの人みたいに作業風景を眺めている。

「なにその形！　下手くそすぎでしょ！」

「えー！　だって、この形難しくない？」

真剣に作業に取り組んでいる人たちはキラキラとして眩しくて、羨ましい。だけど今更団結している人たちの中に飛び込むのは、勇気がいる。

ペンを持ってなにかを書きながら話し合っているめぐみが、不意にこちら側を向いた。目が合ったものの、すぐに逸らされてしまう。

鈍い痛みが胸を刺す。自分だって夏に気まずくなってからめぐみのことを避けていたくせに、目を逸らされたら傷つくなんて身勝手だ。それに手伝いたいなんて言っても、困らせるだけに決まっている。急いで日誌を終わらせて、私は逃げるように教室を出た。

職員室までいき、担任の先生の机に日誌を置いて出てくると一気に脱力する。

私のオーラは、相変わらず灰色に濁っている。やりたいことがあるはずなのに一歩が踏み出せない。

自分の臆病なところが嫌で、どっちつかずな発言で自己防衛をするところも嫌で、たまに思考を放棄しようとするところも嫌だ。自分への負の感情がどんどん蓄積されていく。

職員室の前で立ち止まっていると、隣の進路指導室のドアが開く音がした。中から出てきたのは藤田くんだった。

「こんなところで、なにしてんの」

「あ……えっと、日誌の提出してきたところ」

「ふーん」

藤田くんに続いて進路指導室から担任の先生が出てきた。私と藤田くんが話しているのを見て、もの珍しそうにしている。

「先生、日誌机に置いておきました」

「おー、わかった。ありがとな。気をつけて帰れよー」

特に私たちについて触れてくることはなく、先生は隣を通過すると職員室へ入っていった。

「藤田くんは、なにしてたの？」

「定期検査」

一体なんの？　と首を傾げる。藤田くんは疲れた様子で、いつもよりも声のトーンを落としながら「タバコ」と返してきた。

「学校の中じゃ前科持ちってことになってるから。持ってないか、毎月一度カバンの中身チェックするんだとさ。こんなの形だけだけどな」

　定期検査の日程が決められているらしく、確かにあまり意味がない。もしも本当に吸っているのなら、検査日に持ってこなければいい。けれど無実の藤田くんにとっては、この検査自体が理不尽なことのように私には思えた。

「……本当のこと、先生にも話さないの？」

「嘘だって証明するものがねぇし。もうどうでもいいって」

　俯きがちに目を伏せた表情が傷ついているように見えて、胸が締めつけられる。友達に裏切られた辛《つら》さと、他人の罪を背負ったまま、藤田くんはこれからも高校生活を過ごさなければならない。

「藤田くん！」

　私は思い切って声を上げる。

「自販機にいこう！」

　力が入りすぎてしまって、僅かに声が裏返ってしまった。藤田くんはわけがわからないという様子で眉の間に深くシワを刻む。

「なんで？」

「え、えーっと、気晴らしっ！」

藤田くんに気分転換してもらえる方法が、私にはこれしか考えつかない。

断られるだろうと覚悟していると、藤田くんが噴き出した。笑っている姿は、教室での人を寄せつけないピリピリとした雰囲気とは異なり、あどけなさを感じる。

「似合わねぇ、気遣い」

「えっ」

気遣いというよりも、ただ元気を出してもらいたかった。それだけだった。でも上手い言葉が思い浮かばなかったのだ。

「まあでも、気晴らしするか」

藤田くんの声が普段よりも柔らかくて、穏やかな笑みを浮かべている。瞬きさえ惜しいほどに見つめてしまう。心なしか顔が熱い。

「行かねぇの？」

「行く！」

自動販売機がある食堂のほうへ歩いていく。放課後なので人が少なくて、残っている人がいても、ほとんどの人が教室で文化祭の作業をしている。

もしも生徒がたくさんいたら、私はこうして堂々と彼の隣を歩けただろうか。

そう考えて、心に影が落ちる。藤田くんと仲良くなりたい。この関係を大事にしたい。それなのに周りを気にすることがやめられない。

「時々こうして話せるやつがいるっていいな」

意外な言葉に目を丸くする。つい数秒前までの自分の感情が情けなくて、藤田くんの顔が見られない。私は自分の保身ばかり考えている。

「ひとりが楽だって考えてるのは変わらねぇけど。でも話し相手がいたほうが楽しいって最近思う」

バイト先ではシフトが被れば他愛のない会話をするし、帰りは分かれ道まで一緒に歩く。学校でもこの間、ミルクティーを交換してもらったり、展示のスケジュールのことだって話し合いをした。今もこうしてふたりで話している。

だけど藤田くんにとって、なにも特別なことではないと思っていた。

「私といて、退屈じゃない？」

藤田くんは足を止めると不服そうに睨みつけてくる。眉がつり上がっていて怒っているように見えた。

「俺が今退屈そうに見えるわけ？」

「それは……」

見えないと答えたい。だけど人の本心なんてわからない。

「楽しいって言ってんだろ」

私といて、楽しい。その言葉によって、胸の奥から温かい感情が湧き上がってくる。

こんな私でも必要としてもらえているようで、鼻の奥がつんとした。

「めんどくせぇ性格してんな」

「……言い方酷い」

「相手にどう思われているか気にしすぎで、笹原がどうしたいのかわかんねぇよ」

――もっと自分勝手に生きてもいいんじゃね。

バイト先での藤田くんの言葉を思い出す。

私は、今どうしたい？

自分に問いかけて、灰色が滲む手を握りしめた。

「ほら、また考え込みすぎなんだよ」

その手を藤田くんが掴むと、ぐいっと引っ張った。止まっていた足が一歩踏み出す。

二歩、三歩と進むと、藤田くんの手が離れていく。

そのまま私は彼の背中を追いかけるように、早歩きで進む。不思議と重たくなっていた心は軽くなっていた。

自動販売機の前に着くと、ふたりでラインナップを吟味《ぎんみ》する。

「藤田くん、なににする？」

「冬仕様になって、変わったんだよな。あ、これにする。コーンポタージュ」

「ええ、これ買うの？」

「なんだよ」

文句があるのかと凄《すご》まれてしまう。狼狽《うろた》えながらも、私はコーンポタージュに視線を向ける。

「意外だなって思って」

粒々が入っていて飲みにくいし、他の飲みものとはジャンルが違っている。好んで藤田くんが選ぶとは思わなかったのだ。

「寒い時期しか飲めねぇじゃん」

「な、なるほど？」

期間限定だからこそ買うらしい。私はカバンからお財布を取り出して、硬貨を入れていく。そしてコーンポタージュのボタンを押した。

「はい、これ。この間のサイダーのお礼」

取り出し口から缶を取って差し出す。動揺しているのか、藤田くんが珍しく口籠もる。

「え、いや……別に俺が勝手にしたんだからいいのに」

「嬉しかったから。だから私も、藤田くんにお返しがしたいなって思って。それに、ラベルシールのお礼も」

藤田くんがバイト先にいてくれてよかった。彼の気遣いのおかげで、私はバイトを続けられて、不安を払拭《ふっしょく》できた。

「じゃあ、遠慮なく。ありがと」

コーンポタージュを藤田くんに手渡して、私は小さいサイズの温かいお茶を買う。

ふたりで自動販売機の横にしゃがみ込み、飲み終わるまでの僅かな時間で、バイトの話をぽつりぽつりとしていく。

陽が傾き始めた放課後の、いつもとは違うちょっとだけ特別な時間。

居心地がよくて、些細な言葉に心が跳ねる。きっとそれは、相手が藤田くんだからだ。

名残惜しく思いながらも飲み終わり、ペットボトルをゴミ箱へ捨てた。

「帰んの？」

「……うん」

教室でのことを思い出して、歯切れ悪くなってしまった。そのことに藤田くんは私がまた言いたいことをのみ込んだと思ったらしく、もどかしそうに見てくる。

「なんだよ、言いたいことあるなら言えって」

「文化祭の作業、まだけっこうあるよね？」

「まあ、そうじゃねぇの」

「私でも……できることってあるかな」

「他のグループの作業を手伝いたいってこと?」

こくこくと何度か頷く。器用なわけでもない私にできることなんて雑用くらいかもしれない。でも展示の作業に携わりたい。

「聞けばいいじゃん」

「でも、」

「手伝いたいのは悪いことじゃないだろ。気になってんなら、聞きに行けって」

教室でめぐみに目を逸らされてしまったので、私が声をかけに行って迷惑そうにされたら心が砕けそうだ。

私はクラスの行事よりも、私情にとらわれて尻込みしている。めぐみはスケジュールのとき、私に話しかけてくれたのに。

「また考えすぎ。深呼吸してみ」

「え」

「いいから」

言われた通りに、肺まで深く空気を吸い込んで、ゆっくりと吐いてを繰り返す。身体の力が、程よく抜けた気がした。

「手伝いたいんだろ」

「……手伝いたい」

「じゃあ、聞いてこいよ。悩むくらいなら行動してこい」

拒絶されるのは怖い。だけど、このまま動かなかったら私は何日もウジウジしてしまうはず。私は行く決意をして、足元に置いていたカバンを肩にかける。

「藤田くんは帰るの？」

「帰るけど」

「……そっか」

心細いからといって彼を巻き込むわけにはいかない。気持ちが萎んでしまわないうちに動き出さないと、私はまた同じことで悩んでしまう。

「行ってくるね！」

そのまま大きく一歩を、今度は自分から踏み出した。軽くステップを踏むような足取りで、藤田くんとバイト帰りに星屑《ほしくず》を散りばめたような道を歩いたときのことを思い浮かべた。

私はどうしたい？

迷いや不安が邪魔をして、自分自身に問いかけても、ずっとわからなかった。たどり着く場所がその答えだ。後ろから「頑張れ」と、背中を押してくれる声が聞こえた気がした。

走って教室の前まで来た私は、一旦足を止めた。逸《はや》る気持ちを抑えて、乱れた呼吸を整える。

肩にかけたカバンの持ち手を握りしめて、教室へと足を踏み入れた。

カッターやハサミを使ってなにかを作成しているグループや、紙になにかを書き込んで話し合いをしているグループ。めぐみは輪の中心になって、話し合いをしているようだった。

私が近づいてきたことに気づいためぐみは言葉を発することなく、困惑しているようにも見える。

「あの……」

私の声に数人が振り向く。集まった視線に、心臓の鼓動が速くなり冷や汗が背中に滲む。

何度経験しても自分の言葉で気持ちを伝えるって、勇気がいる。どんな反応をされるんだろう。困らせてしまうかな。手伝いはいらないと言われるかもしれない。不安が過ぎるけれど、もう後戻りはできない。したくない。

「っ、私にも手伝えることってないかな！」

声を振り絞って言うと、一瞬場が静まり返る。何人かちらりとめぐみを見たのがわかった。私たちの関係を察している人もいるのだと思う。

膝が震えそうになったけれど、歯を食いしばって足に力を入れた。

「ありがとう」

めぐみが一言口にすると、場の空気が柔らかくなった。きっと彼女は、私が入りやすくしてくれたのだ。気を遣わせてしまったかもしれない。

すると、ひとりの子が華やいだ声を上げる。

「人手が増えるの嬉しい！　もしよかったらこれ一緒に考えてくれない？」

嬉しそうな表情で、こっちこっちと私を手招きしてくれて、拍子抜けするくらい簡単に、私は空いた椅子に座った。

「いろんな人の視点があったほうがいいからさ～！　これが設計図なんだけど、楓ちゃん的に見て、なにか問題点とかあると思う？」

「え、あ……その紙見てもいい？」

A3用紙には、展示の概要が書いてあった。

テーマは〝海の世界〟。ただの展示ではなく、記念撮影をするためのフォトスポットにする予定みたいだ。大きな木の板を三枚使うと書いてある。高さは二メートルほどらしく、これは買うのも運ぶのも大変な大きさだった。

「この木の板って、どこで調達するの？」

「卒業した先輩たちが文化祭で使った余りの大きな木の板があるんだって。だからそれを使う予定だよ」

青のペンキを塗り、縦長にして三枚並べ、支える足を後ろに打ち付けて壁にするようだ。そしてスチレンボードを木の上の部分に頑丈に貼り付けると書いてある。

その他には透明のビーズカーテンなどを吊《つる》す予定みたいだ。足場はシフォン生地で透けている青色の布を使って海を、そして黄緑の布で海藻《かいそう》を表現するらしい。

「あとは海の生物だよねぇ。なに作ろう」

海といえば、単純に魚が頭に浮かぶ。鮮やかな色でかわいらしい見た目の魚なら写真映えしそうだ。

「クマノミとか熱帯魚は？」

「サンゴとか魚は背景の板に描く予定なんだ。他に目立つやつを作りたいんだよね」

せっかく輪に入れてもらったのに、全くいい案が思い浮かばない。海から水族館を連想して、中学生の頃に行ったときの記憶を引っ張りだす。ペンギンは無理だし、チンアナゴもちょっと違う。イルカは大きすぎるし、もっと小さな生物。

「あ……」

思い浮かんだけれど、これは既に出ていそうな気もする。

「……どうしたの」

「え？」

めぐみに声をかけられて、弾かれるように顔を上げた。

「なんか考え込んでるから」

中途半端な案を出しても微妙だと思われるかもしれない。いつもなら〝そんなことないよ〟と言って、適当に流してしまっていた。だけど、それをしてしまったら、なんのためにここに来たのかわからない。

「クラゲはどうかな……？」

「確かにかわいいけど、紙粘土でも作れないし、紙で作っても微妙そうじゃない？」

ひとりの子が難色を示す。けれど、私の想像ではもっとふんわりとしたクラゲを作るイメージだった。これを伝えるにはどうしたらいいんだろう。スマホを取り出して、紙でクラゲを作る方法を検索してみる。すると様々な作り方が出てきた。平面のもあれば立体もあり、工夫次第では印象的なものになりそうだった。

「私のイメージはこういうやつなんだ」

「あ、これいいかも！」

「白い和紙で作って、水彩で色塗ったら綺麗！」

画面を覗きながら、どういう風に作ったらいいかと話し合っていく。私の意見がみんなの力になれたことに、くすぐったい気持ちになった。

「めぐみ、ありがとう」

こっそりと小声でお礼を伝える。するとめぐみは微笑んでくれた。彼女のこんな表情を見たのは久しぶりだった。

「楓の意見、聞けてよかった」

温かい言葉がじんわりと胸に広がっていく。わだかまりが消えたわけではないけれど、分厚かった壁が先ほどよりも薄くなっているように感じた。

それからいろんな意見を出し合いながら、設計図について詰めていった。終始和やかな空気なので、気兼ねなくそれぞれが自分の考えや提案を口にできる。

こうして一歩を踏み出せたのは、藤田くんが私の背中を押してくれたおかげだ。

それからクラスの人が展示の件で声をかけてくれるようになった。意見を求められたり、報告をされたり、作業に関しての情報を共有してくれる。

「楓ちゃん、土台作りの日数が足りなそうだから、二日増やしたいんだけどいい？」

「わかった！　変更しておくね」

「あとクラゲ、こんな感じでどうかな？」

制作のリーダーの子が、この間作り方を話し合ったクラゲの見本を作ってくれたらしい。机の上に置かれたのは、立体的なクラゲだった。

「すごい！　これどうやって半円にしたの？」

「和紙って水を含むと曲げやすいらしいんだ。だから丸く切った和紙をテニスボールに被せて、水彩絵の具で塗りながら水を含ませて作ったよ〜！」

私には色は見えないけれど、綺麗な半円になっていて、その中に細長く切られた紙が貼り付けられていてゆらゆらとしている。強度などまだ調節しないといけないことはあるそうだけれど、今日の放課後にみんなに見てもらう予定らしい。

「じゃあ、また放課後に！」

試作のクラゲをそっと手のひらに乗せて、制作のリーダーの子が席に戻っていった。遠くで眺めながら羨ましがっていた場所に、私は今立てている。そのことに気分が高《こう》揚《よう》していく。

私もできることを進めていかないと。壁からカレンダーを取り外して、先ほど聞いた内容の修正を書き込む。すると私の席に美来がやってきた。

「楓、作業手伝ってるの？」

その質問にどきりとする。

「案出しとかをしてて……」

咄嗟にまた自分を守るような言葉を選んでしまった。

「ふーん」

話したらどう思われるだろう。嫌がられるのかな。だけどこうやってやり過ごしていても、いずれは美来に知られることになる。それなら、きちんと私から意思を伝える努力をしたい。

「でも展示の制作も手伝う予定だよ」

「へぇ……そっか」

明らかに美来のテンションが下がり、無言になってしまう。握っていたペンを指先でいじりながら、言葉を探した。

美来が嫌がっているのは、私が展示の作業に参加していること？　めぐみと関わっているかもしれないこと？　それとも他の理由だろうか。

「作業、どんな感じ？」

「今日の放課後、打ち合わせするんだけど……美来も参加する？」

「え……」

美来は表情を凍らせた。瞳が揺らいでいて、困惑しているようにも見える。

「でも私が入ったら、めぐみ嫌だろうし……」

返答からは参加自体が嫌だという風には感じない。

「美来さえよければ、めぐみに聞いてみるよ」

「いいの？」

美来の口角が上がり、嬉しさが滲み出ている。展示の作業に興味を持ち始めたのか、それとも美来はめぐみとの関係を修復したいのか。どちらにせよ、クラス行事に協力的になってくれたのは好機だ。

早速めぐみに聞きにいくと、「人手が足りてないから助かる」とあっさりと承諾してくれた。美来も含めてみんなで作業ができたら、クラス全体が団結できるかもしれない。

放課後の集まりに美来が参加していることに、戸惑っている人たちは多かった。めぐみの顔色をうかがっている人もいて、口数が減っている。

「この間のクラゲの試作なんだけど、見てもらってもいいかな！」

制作のリーダーの子が、空気を切り替えるように明るい声音で発言した。机に置かれたクラゲをみんな興味津々に眺める。かわいい、色が綺麗、と声が上がった。

「脆《もろ》いから、崩れにくいように工夫しなくちゃいけないんだけど、なにか案があったら教えて！」

テープで貼ったり糸を通すなど様々な案が出る中で、美来はひとりスマホをいじり始める。そのことにひやりとした。他の子たちに不満を抱かれないかと、落ち着かなくなってしまう。

「ねえ」

　美来が画面を私たちに見せてくる。なにかを検索していたらしい。

「それより、できてるやつのほうがよくない？」

　表示されているのは。クラフトのクラゲが販売されているページだった。

「作るの大変そうだし、時間の無駄になるじゃん。こっちのほうが壊れにくいんじゃないかな！」

　教室が静まり返る。まずい。このままでは、よくない方向へ進みそうだ。

「……確かにそうかも！　私のあんまり綺麗に作れてないし、時間もかかるから」

　制作のリーダーの子は、笑顔で言いつつもショックを受けているようだった。せっかく作ったものを否定されたと受け取ったのかもしれない。他の子たちもその様子を心配そうに眺めている。

　美来の提案は、手作りをやめて製品を購入するということだ。その意見に反発する声も漏れ始める。

「せっかく作ってきてくれたのに」「酷くない？」

　批判的な言葉が聞こえても、美来は臆することなくさらに意見を述べた。

「それがダメってことじゃなくて、時間がないならできてるやつのほうが早いから、間に合わせるひとつの手段だと思うんだよね。だってまだ土台作りとか色塗りとか残ってるんでしょ。そっちに時間使ったほうがよくない？」

効率を考えれば美来の主張もわかる。でも複雑そうにしている子たちの気持ちも理解できた。体育祭ではリーダーシップを取るのが上手だったけれど、今回は途中参加ということもあって、周りの空気と美来が噛み合っていないように感じる。

「美来」

重たい空気の中、めぐみが口を開く。

「それいくら？　大きさはどのくらい？」

「え？　えーっと、ひとつ八百円で十センチくらいっぽいけど」

「それにプラスで送料もかかるよね。そうなると何個も買う予算がないよ」

否定的な意見に、美来が表情を曇《くも》らせる。

「だけどこの小さいクラゲ、存在感薄いじゃん。それにこれから改良していかないといけないんでしょ」

「時短のために買えばいいなんて無茶苦茶すぎる。予算のこと考えてよ」

「予算予算って、買えないわけじゃないんでしょ。絶対これあったほうが綺麗だって」

「これだけにお金をかけるわけにはいかないの。あとから急遽《きゅうきょ》お金が必要になったら、どうするつもり？」

ふたりの言い合いが始まってしまう。どちらも自分の意見を譲《ゆず》る気がなさそうだった。周りの子たちは動揺していて、完全に置いていかれている。

不満が募る前に、なんとかしなくちゃ。でもどうやって？

　美来の意見とめぐみの意見は割れてしまっている。状況的にめぐみの肩を持つ人が多いだろうし、そうなると美来の居場所がなくなり、今後は参加したがらなくなりそうだ。だけどふと思った。どちらかに決めなくてはいけないのだろうか。

「あ、あの！」

　私の声で、会話が止まる。視線がこちらに集まった。怖い。だけど言わないと。

　心臓の音が全身に伝わるほど激しく脈打ち、手には汗が滲む。どちらか片方が間違っているわけではない。けれどももっといい方法がある。

「三つくらい大きいクラゲを買って、小さいクラゲは手作りにするのはどう？」

　沈黙が流れて、慌てて言葉を続ける。

「それならお金も残るだろうし！　クラゲを作る時間も短めで済むと思うんだ」

　受け入れてもらえないかもしれない。焦りがじわじわと心に浸食して、思考が上手く働かなくなってくる。みんなの顔が見られない。

「それなら予算も抑えられるね」

　初めに口を開いたのはめぐみだ。

「確かに」

　美来も私の折衷案《せっちゅうあん》に納得してくれたようだった。

「菅野さんが探してくれたやつも綺麗で目立つし、その周りに子どものクラゲがいるのもかわいいね」

制作のリーダーの子の表情が柔らぎ、賛同してくれる。周りの子たちも、それでいこうと言ってくれて、私はほっと胸を撫で下ろした。

たったこれだけの意見を言うだけで、指先が震えてしまう。だけど意見を言えたことで状況が変わった。のみ込んでばかりだったらできなかったことだ。

「おーい、そろそろ帰りの準備しろ〜。半には閉めるぞ」

六時を過ぎた頃、先生が教室にやってきて帰宅するように促される。話し合いをしているとあっというまに時間が過ぎていく。

初めはどうなることかと思ったけれど、行き詰まると美来がアイディアを出してくれたり、率先して話を進めてくれたので小物に関して決まったことも多い。

「美来」

居残りをしていた生徒たちがカバンを持って教室を出ていく中、めぐみが美来を引き留めた。窓の外は暗くなっていて、教室の電気が眩しく感じる。

「話があるんだけど」

廊下には楽しげな声がこだましていて、それはとは反対に、私たち三人だけになった教室は静かだった。

「なんであぁいう言い方したの」

めぐみの口調から機嫌の悪さが伝わってきて、私は息をのむ。

「は？　なにが？」

「クラゲのこと。作ってくれた子が泣きそうだったでしょ」

美来はため息を吐くと、肩にかけていたカバンを机に乱暴に置いた。持ち手につい
てたキーホルダーが机の脚にぶつかる。プラスチックが叩きつけられるような音に驚
いて肩が跳ねた。

「貶《けな》したかったわけじゃないし」

「それでも言い方があるでしょ」

心臓の鼓動が速度を上げて、胸元を握りしめる。

「めぐみに言われたくないんだけど。自分だって言い方きついじゃん！」

「私はあんな風に言わない」

美来の棘のある言葉とめぐみの鋭い眼差しが、私の感情をかき乱していく。

せっかく関係がよくなりそうだったのに。どうしてふたりは、傷つけ合う言葉ばか
りを口にするんだろう。

「時間がないんだから買ったほうがいいって言っただけでしょ」

「今日から打ち合わせに参加した美来が、あんな風に仕切ったら反感買うのがわからない？」

喧嘩しないで。止めたいのに、薄く開いた唇からは空気だけが漏れて、言葉は喉の奥に落ちてしまう。

「私が参加しないほうがよかったってこと？」

「そんなこと言ってない」

「めぐみは私が邪魔なんでしょ！」

「違う！　周りのこと考えて発言してってこと！」

怒りを含んだ声が、教室に響く。その瞬間、目の奥がずきりと痛んだ。ふたりが纏っている赤色と橙色が毒々しいほどに濃く見える。

「やめて……」

やっとの思いで声を絞り出したけれど、私の声は美来とめぐみには届かない。

「ならめぐみだって、私のこと考えて発言してくれたことあった？　どうせ私ならなに言っても傷つかないと思ってるんでしょ！」

「考えてるに決まってるでしょ！　人の気も知らないで、美来こそ考えてくれたことなんてないくせに」

「そうやってすぐ私を悪者にするじゃん！」

「美来に言われたくない！　いっつも自分が正しいって思ってるでしょ」

軽く目眩が起こり、机の上に手をついた。溜め込んでいた感情が破裂するように私は叫ぶ。

「っ、なんですぐ言い合いするの！」

めぐみも美来も驚いて私を見つめている。喉は焼けるように痛くて、冷えた指先は微かに震える。だけどもう黙って傍観している自分ではいたくない。

「ふたりとも、言い分はわかるけど、でも……クラスの子たち困ってた！　もっと言葉選んで！　美来もめぐみもお互い傷つけることばっかりどうして言うの」

一気に言葉を吐き出して、息が上がった。緊張とか苛立ちとかもどかしさがぐちゃぐちゃに心に入り混じっている。

「怒鳴ったりしないで……もっと普通に話そうよ。誰だって突き放すこと言われたら傷つくよ」

「楓、」

美来がなにかを言おうとしたときだった。廊下から足音が聞こえてくる。

「まだ残ってたのか？　もう閉めるぞ」

先生が教室に入ってきて、電気が消された。私たちは強制的に廊下に出される。めぐみは気まずそうにしながら、「先帰るね」とひとりでいってしまった。

「私が空気悪くしたのはわかってるよ」

鼻をすする音がする。泣いている美来に、どんな言葉をかければいいのかわからないまま、私は隣を歩く。

「傷つけたいわけじゃなかったのに。けど、めぐみだって言い方きついし！」

我に返ったように「ごめん、愚痴言って」と美来が苦笑する。

「私……こんなんだからすぐ喧嘩しちゃうんだよね」

ここまで弱気な姿を見るのは初めてで、美来なりに後悔や葛藤《かっとう》があることを私は今

まで知らなかった。

「クラゲの件、楓がアイディア出してくれてよかった。あのままだったら、めぐみと

大喧嘩になってたかも」

「あれはたまたまいい案が思いついただけで……」

「楓らしいなって思ったよ。だからちょっと羨ましい」

美来の言葉に、私は目を見開く。

「楓みたいに周りのこと気遣えたら、よかったのに」

何度も思ったことがある。美来やめぐみみたいになれたらいいのに。ずっと私は誰

かに必要とされる存在になってみたかった。

「……気遣いなんてできてないよ」

「そんなことないよ。楓は周り見て動けるし、クラスの子たちとも仲良くしてるじゃん」

「自分の意見を言うのが苦手で、八方美人に振る舞っちゃうし……思っていることを言うのも苦手だから。人と揉めるを避けてるだけだよ」

心の奥に隠していた感情が唇から零れ落ちる。

「私は美来たちのことが羨ましい」

足音が止まったことに気づき、振り返る。美来が表情を強張らせていた。

「もしかしてあのとき、聞こえてた？　私が志保と話してたこと」

心臓がどくっと跳ねて血の気が引いていく感覚がする。八方美人という発言で美来は察したようだった。

なにが？　と流せば、穏便に済む。だけどそれは自分の心を無視することになる。揉めることは怖い。私と美来の仲も壊れてしまうかもしれない。でも逃げずに向き合うのなら、今しかないように思えた。

「……聞こえてた」

「ごめん！　あんなこと言って」

気にしないで。そう言いかけて、唇を結ぶ。この場を収めることはできても、それは本心ではない。

「聞いたとき、ショックだった」

目に薄らと涙の膜《まく》ができる。泣きそうなほど傷ついていたのだと、受けた傷の深さを自覚する。

けれど私が八方美人だと言われるのも、なにを考えているのかわからないというのも、自分の気持ちをのみ込んで人に合わせてしまうからだ。

流されて他人の判断に身を委ねてしまう。言いたいことを口にするのを避けるのは楽で、責任も負わなくて済む。そうやって過ごしてきた私は、本音がどこにあるのかよくわからなくなった。それできっと私の色は灰色に濁ってしまったんだ。

「ごめん、楓。……本当ごめん」

美来は顔を歪めて大粒の涙を流し、謝罪を繰り返す。その光景に、私の涙は引っ込んでしまう。ここまで泣くなんて驚きだった。心のどこかで、美来にとって私は大した存在ではないと思っていたのだ。

「謝っても許されることじゃないけど、ごめんなさい。……わがままなのはわかってる。でも私、楓に嫌われたくない……っ」

どうせ私なんかとか、私よりもあの子のほうが好かれているとか、聞いてもいない本音を想像して、勝手に惨めになっていた。話してみたからこそ知れる美来の思いもある。そんな当たり前のことに、気づけていなかった。自分の価値を下げていたのは、私自身なのかもしれない。

　私は美来の手を握る。震えているその手からは、後悔が伝わってきた。

「嫌いになんてなってないよ」

　これは本心だ。悪口を言われて傷ついたことは消えないけれど、それでも美来が私を傷つけたかったわけではないのはわかっている。

　美来はぎゅっと手を握り返して、声を上げて泣きじゃくっていた。

　少しして美来の涙が落ち着いてから、私たちは学校を出た。街頭に照らされた夜道を、普段よりもゆっくりと歩いていく。

「美来は、めぐみと話さなくていいの？」

　先ほどのことだけじゃない。亀裂が入ってから、美来はめぐみとふたりで話すことを避けていた。

「だって、めぐみが私と話したくないだろうし」

　まるで臍《へそ》を曲げた子どもみたいに美来はふてくされている。

「めぐみは……美来のこと嫌いじゃなかったと、思う」

「……そうかな」

　あまり自信がなさそうな声だった。

「今までのこと色々思い出すと、めぐみって本当は私と我慢して一緒にいたのかもってどんどん悪い方向で考えちゃうんだよね」

駅への近道で広い公園の中を突っ切っていく。この道を七月の初旬まで三人で歩いていた。昨日見た動画の話とか、好きな漫画の話、他にも学校で起こった些細な話題で盛り上がって、たくさん笑った。

三人で過ごしていたとき、めぐみがなにかを抱えていたことは事実だ。けれど心から笑っていたときもあったと信じたい。

「美来はめぐみのこと、どう思ってるの？」

私の質問に美来は指先をいじりながら、煮え切らない様子で唸《うな》るような声を出して悩んでいる。

「嫌われてるなら、私だけが好きなのって馬鹿みたいじゃん」

素直じゃない返答から、本心ではめぐみが好きなのだと伝わってくる。好きだからこそ、嫌われているかもしれないと思って、美来は怖くなったんだ。

「私は……美来の気持ちをめぐみに話したほうがいいと思う」

美来がめぐみの本心がわからないように、めぐみにだってそれはわからないはず。

「……考えてみる」

美来の声には迷いがあるように感じた。一度拗れた仲が修復する保証なんてない。それでもモヤモヤとした感情を抱えたままでいるより、美来にとってめぐみが大事な存在だということを伝えたほうがいい、そうしたらなにかが変わるかもしれない。

　翌日、バイト終わりに更衣室でスマホを取り出すと、文化祭の展示についての共有メッセージの通知がたくさんきていた。細かい部分は先生に確認しつつも、来週の月曜日から板に色を塗る作業に入るらしい。今のところスケジュールが大きくズレることはなく順調に進んでいる。

　裏口から外に出ると、私服姿の藤田くんと鉢合わせた。今日はシフトがないのに、何故彼がここにいるのだろう。

「おつかれ」

「藤田くん、今日休みだよね？」

「忘れもの。すぐ取ってくるから、用事ないならそこにいて」

「え？」

　一方的に話すと藤田くんは中に入っていく。特に用事もないので、私はフェンスに寄りかかりながら、彼が戻ってくるのを待つ。

　何気なく夜空を見上げてみるけれど、味気ない風景が広がっていた。モノクロに見えるから、そう感じるのかもしれない。私に色が戻ったら、今の世界はどう見えるんだろう。

ブレザーのポケットに手を入れると、ほっとするような暖かさに包まれた。十月の夜は案外寒くないと思っていたけれど、今日はいつもより冷える。けれど空気の冷えた秋の夜も好きだ。

「お待たせ」

本当にすぐに戻ってきた。バイトがないのに取りに来るほど大事なものはなんだったのだろう。それに今日はパーカー姿で普段よりもラフな印象だ。新鮮なので見入ってしまう。

「なに？」

不思議そうな顔をされて、誤魔化すように髪を指差す。

「前髪が、くしゃってなってるよ」

「ああ、急いだからかも」

そう答えながら藤田くんは片手で軽くならすようにして、前髪を整えている。

「急いだの？」

「待ってるかもって思って」

急いだ理由が私だとわかり、口元が緩んでしまう。それに藤田くんはそういうことを気にする人なんだと、意外なところを発見した。

「なに取りにきたの？」

「スマホ」

「ええ！　スマホ忘れたの？　今日一日なくて大丈夫だった？」

「いや、一日くらいなくても平気だろ」

私だったら、スマホがないと一日中そわそわしてしまいそうだ。学校が終わったら速攻取りに来ている。

「さすがに次のバイトまで置いたままは嫌だったから取りに来たけど」

人によってスマホへの価値観は異なるんだなと衝撃を受けながら、私は藤田くんと並んで歩いていく。

「今日はコンビニ寄る？」

「うん、寄ろうかな」

私たちはバイトが終わると、こうして時々コンビニに寄るようになっていた。欲しいものがあるわけではない。ただ途中まで一緒に帰るだけなのは名残惜しくて、寄り道をしてしまう。

コンビニでホットのミルクティーを買って、それを両手で握りしめながらゆっくりと歩く。彼とこうして一緒にいるのが、こんなにも心地よく思うようになったのは、いつからだろう。

「藤田くん、この間は話聞いてくれて本当にありがとう。展示の作業、最近私も一緒に参加するようになったんだ」

「よかったな」

あっさりとした返答。だけど安心したような穏やかな声音だった。心配してくれていたみたいだ。

「で、今度はなにに悩んでるわけ」

「え？」

「わかりやすすぎなんだって」

——楓らしいなって思ったよ。だからちょっと羨ましい。

美来の言葉を何度も考えていた。私って、どういう人？　私らしいってなに？

聞きたかったけれど、答えが怖くて聞けない。けれど、気になってしまう。私はどんな風に見えているんだろう。灰色にのみ込まれた私には、自分らしさが見つからない。

「藤田くんにとって、私ってなに色のイメージ？」

「色？　なんで？」

「この人はこの色のイメージとか思うことない？　色の性格診断とか、中学生の頃に流行《はや》らなかった？」

「俺は人を色と結びつけたことないからわかんねー。てかそれって大事なこと？」

どう見られたいとか、そういう願望は藤田くんにないのだろうか。

「私はけっこう気にしちゃう。ＳＮＳのアイコンを変えるときとか悩むんだよね」

色やイラストのタッチ、写真に映っているものなどで、どんなイメージを抱かれるかをいつも考えてしまっていた。その中でも、特に色の与える印象は大きいと思う。

藤田くんはますますわからないと顔を顰めた。

「誰にどう見られているかよりも、好きな色を纏えばいいじゃん」

「でも、それが私らしくない色だったら？」

かっこいいからと黒系を選んでも、イメージと違うねと言われたら、その色を纏うことを私は躊躇ってしまう。

「纏ってたら、その色のイメージになるんじゃねぇの？　てか、自分の好きな色に周りの意見なんていらねぇだろ」

思い返せば私は、目立たないような無難な色ばかり選んでいたかもしれない。藤田くんが数歩先で立ち止まり、振り返った。

「笹原は、なに色が好きなんだよ」

射抜くような視線を向けられながら、彼の言葉を頭の中で反芻《はんすう》する。

――私の好きな色。

「……わからない」

「色が見えなくなる前は、どの色をよく手に取ってたとか思い出せねぇの?」

タイヤがアスファルトに擦《す》れる音を鳴らし、私たちの横を自転車が横切っていく。

その瞬間、自分の自転車の存在を思い出した。高校に入ってあまり使わなくなってしまったけれど、中学のときに乗っていた色は白だった。

「自転車を買うときに、親には汚れが目立つからやめたほうがいいって言われたけど、どうしても白が欲しくて買ったんだ」

「それなら、白が好きなんじゃね」

「あ、でも……スマホカバーの色は、ピンクにしたんだ」

桜のような淡い色で、ひと目見て気に入ったのだ。今年の四月に購入して今も同じものを愛用している。

「ピンクも好きってことだろ。それにペンケースは水色の使ってたよな」

「あ、うん。それも色が気に入って……」

ライトブルーのペンケースも、かわいいと思って高校入学前に選んだものだ。

「これだと好きな色なんてわからないね」

「白もピンクも、水色も好きってことじゃねぇの?」

「多すぎないかな」

「なんで? 一色だけじゃなくてもいいじゃん」

驚きと共に、心にすとんと言葉が着地する。藤田くんの言う通りだ。どこにも一色だけしか好きになってはいけないというルールなんてない。それなのに、私は自分自身で考えを狭めてしまっていた。

そうだ、私──好きなものを、好きと認めるのが怖かった。色はもちろん、服装やアクセサリー、アーティストなど、これが好きだと誰かに伝えることを避けていたのだ。

『意外だよね』

それは些細なきっかけだった。中学二年生の頃に、友達から私が好んでいるアーティストがイメージと違うと指摘されたことがある。

『楓ってそういう激しめの曲聴くと思わなかった』

『てか、これなんて言ってるの？　裏声に気が散って全然わからないんだけど！』

いじりだったのだと思う。それからなにかある度に、私の好きなアーティストの曲を真似して、ふざけてくることが多かった。

『も〜、やめてよー！』

笑って誤魔化していたけれど、内心嫌だった。

自分の好きなアーティストが馬鹿にされている気がして、好きな気持ちを話のネタにされて汚されたような複雑な思いを抱いた。そして好きだったはずなのに、自分の中の情熱が薄れていった。

それから私はあまり好きなものを人に言わなくなった。知られてからかわれるのも嫌で、熱量が失われるのも怖かったのだ。

好きな気持ちをのみ込んで隠すようにしていくうちに、押し殺した感情は遅効性の毒のように私を蝕《むしば》み、自分のことがよくわからなくなっていった。

「私……誰にどう見られるか、気にしてばっかり」

揉め事は今まで避けることができたかもしれないけれど、それと引き換えに私は大事なものを手放してしまったようにも感じる。

「じゃあ、俺にどう見られたいわけ」

「え、ど、どうって」

急な質問に私はまごついてしまう。真剣な眼差しは、わからないでは済ませてはくれなさそうだ。

「バイトで仕事できるように見られたい、かも？　あとは、うーん、好かれていたいと思う。……嫌われたくない」

「嫌いになんねーよ。じゃあもう解決。なんも悩むことないじゃん」

「えっ!?　嫌いにならない保証なんてないよ……」

「そんなのすべてのことに対してそうだろ。誰だって、この先の感情まで予測なんてできない。けど今の俺は嫌いになんねぇって思ってんだからいいじゃん」

人の心はどう変わるかわからない。今後、私が藤田くんに自分勝手な態度ばかり取っていたら距離を置かれることだってある。

美来だってそうだ。今親しいからといって、私の態度次第で嫌われるかもしれない。そう考えるとますます接することが怖くなる。

好かれているためには、どんな私でいたらいい……？

「また考え込んでるだろ」

藤田くんに見透かされて、慌てて顔を上げる。

「笹原は臆病だな」

「……そうかも」

人の顔色ばかり気にする私は小心者だ。でも、臆病だから仕方ないと思いたくない。臆病だけど、変わりたい。

「私、藤田くんみたくなりたい」

「なんだそれ。冷たい人間になりたいってこと？」

「ううん。……自分を持ってる人間になりたいってこと」

強い意志を持っていて、こうして人に真っ直ぐな言葉をかけてくれる。彼みたいだったら、私は灰色にならなかったはず。

「見る目ねーな」

藤田くんは私に背を向けて歩き出した。彼が纏った赤色が揺らめいて見えて、小さな緑色は蛍の光のようだった。

「……少し前まではそうだったかも」

呟くと、藤田くんが再び足を止めた。そして彼の前に回り込み、私は笑いかける。

「藤田くんは自分が思ってるより、冷たくないよ」

怖い人だと周りが勝手に彼のイメージを作ったけれど、本当は友達に裏切られて、嘘の噂が出回ってしまっただけだ。悔しいはずなのに、先生に真実を言わないで黙って耐えている。

「少なくとも親切ではないだろ」

「藤田くんこそ見る目ないね」

仕返しのように言うと、複雑そうな表情で藤田くんがため息を吐く。

「元気になってよかったな」

皮肉めいた言葉に、私は声を上げて笑ってしまう。確かに気持ちが浮上してきた。

藤田くんに話したことによって、心の整理ができたみたいだ。

灰色異常になる前から誰にどう見られるかばかりで、なりたい自分の姿を思い浮かべることが今までなかった。

赤色の人みたいになりたいのなら、自分なりの言葉で伝える努力をするべきで、平和に過ごしたいのなら緑色の人のように周りをよく見て、気を配れるように意識する。

自分を守ることばかりで視野が狭くなっていたけれど、纏う色は私次第で変化していくはず。

「あ……」

「なに？」

「私ね、今思ったんだけど、藤田くんといるときの自分が好きかもしれない」

冗談を言って笑ったり、心の奥底に隠した本音を打ち明けたり、気づけば自然体でいることができている。

誰かに好かれたいではなくて、私に好かれる自分になりたい。

「俺も。教室の笹原より、今の笹原のほうがいい」

近くを通りかかった車のヘッドライトが私たちを照らす。その光の眩しさに私は目を瞑った。車が通過していったのがわかり、目蓋を開くと、飛び込んできた景色に思わず声を漏らす。

「え……」

空は濃紺で遠くに見えるイチョウの葉は、緑から黄色に色づき始めている。そして、アスファルトに反射した街灯の光は青みがかって見えた。瞬きをすると、すぐにモノクロのフィルターがかかったように色味を失ってしまった。

——今、戻った……？

目を擦《こす》ってみても、映る世界は無彩色だった。ほんの数秒だったものの、景色に色が戻ったのは間違いない。それに私が纏う灰色が薄くなっていた。

「笹原？　どうした？」

「今……周りの色が見えたんだけど、また戻っちゃって……」

動揺して拙《つたな》い話し方になりながらも、起こったことを藤田くんに説明する。

「笹原の心境に変化が起こったからじゃねぇの」

いい方向に進んでいるということなのだろうか。悩みが消えたわけではないけれど、希望が芽生えた。

五章

翌朝、登校すると廊下が騒《ざわ》ついていた。普段よりも人が集まっていて、小声でなにかを話しながら、みんな一点を見ている。気になって足を進めていく。

「だから、なんとも思わないわけって聞いてんの」

「私は後ろめたいことなんてなにもしてないけど」

聞こえてきた声には覚えがあった。けれど普段私が聞く声よりも、鋭くて硬い。

「謝りもしないなんて最低」

「そんなに結愛《ゆあ》が気に食わないわけ?」

「私は大丈夫だから……」

商業科の教室の前で知夏ちゃんと四人の女子がなにやら険悪な雰囲気で向かい合っていた。そのうちのひとりの子はおろおろとして、周りの顔色をうかがっている。知夏ちゃんのことを睨んでいる三人は、以前陰口を言っていた子たちだ。

「まあでも、岡辺さんもあの態度ないよね。結愛ちゃん可哀想《かわいそう》」

「だよね。元はといえば、岡辺さんが原因で揉めてるんでしょ」

すぐ傍にいる女の子たちの会話が聞こえてきてしまった。以前美来が言っていた恋愛絡みの揉め事の件だろうか。

「私が岡辺さんに嫌われてるのは仕方ないし……」

「結愛は悪くないって!」

ひとりの子が結愛と呼ばれた子を慰《なぐさ》めるように背中に手を回す。弱々しくて意見を言うのが苦手そうに見えるけれど、纏っているのは橙色だった。美来のようなリーダー的な人が橙色のことが多いので、彼女みたいな人は初めて見た。

「大丈夫だから、もういこ?」

「まあ、結愛がそう言うなら……」

知夏ちゃんに食ってかかっていた子たちはその一言で、あっさりと怒りを収めて退散していった。

一触即発だった空気が消えると、興味を失った生徒たちは、ひとり取り残された知夏ちゃんを避けながら通り過ぎていく。

なにがあったのかはわからない。けれどこのまま放っておくことができなくて、声をかけようと一歩踏み出す。

「やめとけ」

私の動きを制するように背後から声がする。振り向くと、近くに藤田くんが立っていた。

「話しかけるなって言われてるだろ」

「でも……」

「安全な場所にいたいなら、中途半端な優しさで関わらないほうがいい。声をかけたら、笹原も巻き込まれる覚悟できてんの？」

辛そうな知夏ちゃんに声をかけることに覚悟なんているの？　と言い返したくなったけれどぐっとのみ込む。この感情は綺麗事だ。私は見て見ぬフリをする自分になりたくないだけ。

藤田くんが言いたい意味はわかっている。迂闊《うかつ》に話しかけたことによって、私も周りから無視をされたり、悪意を持たれたらと思うと怖い。知夏ちゃんはそのことを配慮して、声をかけないでと言ったはずだ。

「だけど……悔しい」

「それは俺もわからなくはないけど」

無力な自分が嫌でたまらない。知夏ちゃんが酷い目に遭っているのを目撃したのに、私はなにもできない。

「明日って、知夏ちゃんとバイト被ってるよね」

「そのはずだけど」

「帰りに話そう！」

藤田くんが私の発言に目を見開いた。噂でしか事情を聞けず、見ているだけの状況が歯痒《はがゆ》い。

「知夏ちゃんが嫌がったら無理には聞かないけど、でも一度ちゃんと話したい」

「……そうだな。明日三人で話すか」

バイト終わりに裏口で待ち合わせの約束をすると、藤田くんは教室に入っていく。

私も彼に続いて教室に足を踏み入れる。

「楓、おはよ～」

自分の席にカバンを置くと、すぐに美来がやってきた。空いている椅子を引っ張ってきて私の隣に座ると、声を潜める。

「商業科の子たちが喧嘩してるの見た？　あの子が原因で彼氏と別れたんだって」

「あの子って……」

「岡辺さん」

知夏ちゃんが原因で、彼氏と別れた子がいる。それが事実なのか私は知らないけれど、だからって関係ない人たちがたくさんいる場所で責めるのはどうなのだろう。

「あと二年間も一緒なのしんどそうだよね～」

私たち普通科と違って商業科はクラス替えがない。自分を敵視してくる人たちと卒業するまで同じ教室で過ごすなんて。私だったら毎朝教室に入ることすら怖くなってしまう。知夏ちゃんの笑顔を思い出すと胸が痛んだ。

「そういえばさ」

美来がちらりと私を見てくる。なにかを話したそうだ。いつもは言いたいことを躊躇わないのに珍しい。

「昨日の夜ね……めぐみに電話したんだ」

「え！……どうだった？」

「一応この間よりも関係マシになったかも」

「仲直りできたってこと？」

「うーん、元通りってわけではないけど。めぐみが教室でのこと謝ってくれて……私も言いすぎちゃったし、態度もよくなかったから謝った」

声は硬いけれど、表情が穏やかで美来にとっていい方向へ進んだのがうかがえる。

「そっか。ふたりが話せてよかった」

変わるための一歩を美来は踏み出したんだ。視線を下げて自分の灰色の手のひらを見つめる。私も変わりたい。

このままでいてもめぐみは普通に接してくれる。けれど何事もなかったフリをしていても、気まずさは消えずに残ってしまう。私もめぐみと話すべきだ。めぐみがどんな思いでいたのかを私はまだ知らないし、私も本当の気持ちを伝えられていない。

放課後、美来が私の席まで来ると申し訳なさそうに謝ってきた。

「ごめん、楓。私先に帰るね」

「え？　美来、今日参加するって言ってたよね？」

今日から展示で使う板にペンキで色を塗っていく予定で、美来も楽しみにしていたはず。

「そうなんだけど……私いると空気悪くしちゃうじゃん？　あ、でも小物作るとか家でできそうな作業あったら言って」

集まり始めたクラスの子たちを横目で見ると、美来は軽く手を振ってから教室を出ていってしまう。もどかしさを感じながらも、私は引き留めることができなかった。

めぐみと話し合えたとはいえ、この間のことを気にしているみたいだ。

「楓、ペンキ使う前にジャージにしたほうがいいんじゃない？」

「そうだね。着替えようかな」

めぐみもジャージに着替えるらしく、私たちは一緒にロッカーへジャージを取りに行くことになった。ふたりで並んで廊下を歩くのは久しぶりで、気まずさがある。

離れて約二ヵ月が経っていて、以前ならあった共通の話題も今は思い浮かばない。

「ねえ」

めぐみの声が沈黙を破る。

「さっき美来となんか話してたけど大丈夫なの？　帰っちゃったみたいだし」

「揉めたわけではないから、大丈夫だよ。めぐみは美来と話したんだよね？」

「一応、和解はしたと思うけど」

歯切れが悪く、すっきりとした様子の美来とは違っている。

「また一緒にお昼食べようって誘われたんだ。でも今更戻るのは無理かなって」

和解をしても、されたことが消えるわけじゃない。めぐみの中で消化しきれない感情が残っているように見える。

「私、楓にずっと――」

「あ、いたいた！　私たちもジャージ取りに行く～！」

クラスの女子たちが私たちの元に駆け寄ってくる。一気に六人に増えて、私たちは三人ずつ前後で並んで廊下を進んでいく。

通りかかったクラスからは賑やかな声が響いていて、みんな文化祭の準備に勤《いそ》しんでいるようだった。

「そうだ！　着替えたら、職員室にいらない紙もらいにいこ！　ペンキが床につかないように絶対敷けって先生に言われちゃってさ～」

「板、でかいから紙もたくさん必要だよね。何枚くらいもらう？」

隣を歩くめぐみを見やる。先ほどなにを言いかけたのか気になるけれど、聞けるような状況ではなくなってしまった。

――私、楓にずっと。

あの言葉の続きは、なんだったんだろう。

翌日のバイト終わり、更衣室で知夏ちゃんに声をかけた。三人でまた公園にいこうと誘うと、快く承諾してくれる。

「楓ちゃんから誘ってもらえると思わなかった〜！」

理由を話していないので、嬉しそうな知夏ちゃんを見て、少し心苦しい。裏口で藤田くんと待ち合わせて、前回と同じようにコンビニに寄ってから公園へ向かった。

遊具の上に三人で登ると、知夏ちゃんが明るい声を上げる。

「すっかり寒くなってきたよね〜！　でも寒い中で食べるアイスも最高！」

上機嫌でチョコレートでコーティングされた棒つきのアイスの袋を開ける知夏ちゃんに、藤田くんはげんなりとした顔で「うわ」と声を漏らす。

「よくアイスなんて食えるな」

「ちゃんとあったかい飲みものも買っておいたから大丈夫です〜」

「あっそ」

今日は夜風が吹いていて冷える。この中でアイスを食べたら凍えてしまいそうだ。私も藤田くんも温かい飲みものを湯たんぽ代わりに手に持っている。

「楓ちゃんの隣は私がもーらい！」

「俺はどこでもいいし」

　知夏ちゃんは私の隣に胡座《あぐら》をかいて座った。自然と膝に視線がいき、黒っぽいことに気づいた。モノクロに見えているけれど、普通の膝の色ではないことはわかる。

「知夏ちゃん、その膝……」

「あ、これ？　バレーのときぶつかって痣《あざ》できちゃってさ〜。てかあのボール、意外と痛くない？　びっくりなんだけど！」

軽快に笑いながら、大したことではないように知夏ちゃんが話す。けれど、ボールをぶつかっただけでは、こんな大きな痣はできない。突き飛ばされでもしたのではないかと疑ってしまう。

「いつまでヘラヘラ笑って平気なフリしてんだよ」

「えー、なに藤田。今日はやけに真面目じゃん」

重たい空気になるのを、知夏ちゃんは避けているようだった。

「どうして嫌がらせを受けてるの？」

貼り付けられていた笑顔が一瞬強張る。

「くだらないことだよ」

吐き捨てるように言うと、知夏ちゃんは目を細めた。

「事情を聞いたら、楓ちゃんたちは呆れるかも。それでも知りたい？」

頷くと、知夏ちゃんはアイスをくわえながら「なにから話したらいいのかなぁ」と呟く。

「同じクラスの子の彼氏と、浮気してたって勘違いされてるんだよね」

「それって、昨日廊下で揉めてた中にいた結愛ちゃんって子？」

「あー……そっか、見てたんだ。そう、その子。最近別れたらしいんだけど、それも全部私が邪魔したからだって、結愛ちゃんと仲良い子が怒っちゃって」

結愛ちゃんは突っかかっていた子たちを止めていたのに、友達の子たちが知夏ちゃんを一方的に敵視しているように見えた。問題は当事者よりも、周りなのかもしれない。

「私ね、隣のクラスに中学から仲の良い男子がいたんだ。藤田はわかると思うけど、小林《こばやし》って男子で、家が同じ方向だから時々帰りが一緒になるの。そしたらそれを何度か見られたみたいで揉めたんだよね」

「話していただけで、浮気してるって思われたってこと……？」

「うん。結愛ちゃん側からしてみたら、いい気持ちはしないのかもしれないけどさ」

なにも知らない結愛ちゃんにとっては、誤解してしまうのもわかる。だけど、帰り道に会って話していただけで決めつけられてしまうのは理不尽だ。でもこれは私が知夏ちゃん側の人間だからそう感じるのだろうか。

「小林に彼女の誤解解いてってお願いしたんだけどね。また勘違いされたら嫌だから連絡すんなってメッセージが来てブロックされちゃった」

それ以来、小林くんと話すことは一切なくなったらしい。これでは知夏ちゃんだけが悪者のようだ。

「あの子たちの中では、彼女がいるって知ってて私が近づいたことになってる。真実なんて簡単に歪んじゃう。藤田の噂と同じ」

「でも……結愛ちゃんって子は……」

「優しい子に見えた？」

知夏ちゃんが口角を上げる。けれど目元は笑っていなくて、結愛ちゃんに対して怒りを抱いているように思えた。

「SNSで私のことだってわかるように、浮気されて傷ついたけど、彼のことが好きだからやり直したいって結愛ちゃんが投稿して、それから私は同じクラスの子たちから避けられるようになったんだ」

低く微かに震える声で、知夏ちゃんが続ける。

「学校じゃ無視されるから、DMを送ったの。でももう誰も岡辺さんの話なんて信じないよって言われてブロックされた。それから一切話せてない」

なにを言っても、相手にとっては嘘に聞こえる。声を上げれば悪目立ちしてしまい、黙っていれば認めたと思われる。形にできないものを証明するのは難しい。

「てか、ＳＮＳに書く意味あんの？」

藤田くんの指摘に、知夏ちゃんは苦笑した。

「周りに報《しら》せるためでしょ」

私にはその意味がわかる気がする。名指しはしていなくても、教室での会話や視線などから、関係ない人たちもなにかを察していく。そしてその投稿によって、内容を把握してしまう。あとは広まるのなんてあっというまだ。

「私の中学の友達がね、小林の元カノなの。別れた理由は浮気で、その相手は結愛ちゃんだった」

知夏ちゃんの抱えている苛立ちの輪郭が見え始める。勘違いからクラスで居場所がなくなったことだけではない。結愛ちゃん自身の行いや、中学の友達に関することなど、静かな怒りが知夏ちゃんの中に蓄積されているようだった。

「自分がしたことを、誰かにされるかもしれないって怖かったんだろうね」

だからこそ、結愛ちゃんは過敏に反応を示して、ＳＮＳに書いてしまったのかもしれない。

「誤解されたままなのは悔しいけど、なんでも声を上げたら間違いを正せるわけじゃないから。受け取る相手がこうだって思い込んだら、それが真実になっちゃうし、誰かと関わることも、弁明することも面倒になっちゃったんだよね～」

いつもバイト先で見る知夏ちゃんの笑顔に戻り、声も明るくなる。無理をしていることは付き合いが浅い私でもわかった。

「でも……このままでいいの？　知夏ちゃんは、本当はどうしたい？」

私が何度も自分に問いかけていた言葉。辛いときや、なにかを恐れているとき、私たちは目を逸らして、日常をやり過ごそうとしてしまう。けれど傷ついた心と向き合えるのは自分だけで、放置をしても傷は残り続ける。

「どうしようもないっていうか、諦めてるんだよね」

知夏ちゃんの手に、溶けたアイスが伝っていく。それに構うことなく、貼り付けられた笑顔のまま、なんてことないように明るい口調で話し続ける。

「だってさ、誰もこんなやつに近づきたくないじゃん？　人の彼氏奪ったとか噂流されて、それがきっかけで仲が良かった人も私のこと空気読めないとか、自分勝手だと思ってたとか悪口を言い始めたし」

勝手な噂を流していく人たちと、離れていった友達。結愛ちゃんとのことだけじゃなくて、たくさんの人が知夏ちゃんを追い詰めて傷つけている。だけど知夏ちゃんは逃げるのではなく耐えながら、味方のいない学校へいっていたんだ。

「俺はそんな噂どうだっていい。笹原もさっき言ってたけど、岡辺はどうしたいんだよ。今のまま学校で話しかけないでほしいわけ？」

心の奥底に気持ちを仕舞うと、そこから言葉を取り出すのは容易なことではない。だけど口に出さなければ、伝わらないことだってある。

「それに噂なんて俺もあるし、巻き込むとかそういうの深く考えすぎんな」

「でも……」

知夏ちゃんが私を見やる。その目には戸惑いが含まれていた。巻き込むことを躊躇っているのだと思う。ポケットからティッシュを取り出して、知夏ちゃんの手についた溶けたアイスを拭う。

「私は自分の目で見た知夏ちゃんを信じてる」

天真爛漫《てんしんらんまん》で分け隔てなく接してくれて、バイトでは困っていることがあるとさり気なく周りのフォローをしてくれる。それに一緒にいると楽しくて、苦しいことがあってもそれを見せずに笑って耐えている。私の中の知夏ちゃんは学校の噂で聞くような人ではない。彼女の言葉を信じたい。

「だから、知夏ちゃんの気持ちを教えて」

知夏ちゃんは目を大きく見開き、瞳を揺らした。睫毛がゆっくりと下がると涙が頬に落ちていく。

「……つ、らい」

嗚咽《おえつ》を漏らしながら、振り絞るように知夏ちゃんが言った。

「なんで……っ、関係ない人たちに好き放題言われないといけないのってずっと思ってた」

表面上は気丈に振る舞っている彼女の本音を学校の人たちは誰も気づかないし、知ろうともしない。学校の中で私たちは悩んだり、なにか戦っている。強く見えたとしても、それだけがすべてじゃない。

「誤解されてるのも本当嫌。でもひとりでいると、時々私が悪いのかもって思考が麻痺《まひ》しそうになる。……私、あのときどうしたらよかった？　だって偶然帰りに会っただけなのに。たったそれだけで……っ、なんでこんなことになっちゃうの」

後ろめたいことなんて、なにもしていない。そう思っていても、責められ続けたことによって心のバランスが崩れてしまう。知夏ちゃんの傷ついた心は、とっくに限界が来ていたんだ。

「ご、ごめ……こんなこと言われても困るよね。弱ってただけだから、大丈夫。泣いたらすっきりしたし」

ぎこちない笑みを見せながら、私から離れようとする知夏ちゃん。私はその手を握りしめる。

「今度一緒にお昼食べよう！」

「え？」

突拍子もない私の提案に、知夏ちゃんも藤田くんもきょとんとしている。もうちょっと知夏ちゃんが落ち着いてから提案するべきだったかもしれない。

あのままだと壁を作られてしまいそうで、つい思ったことを口にしてしまった。

「あ、えっと、時々でいいから一緒にお昼過ごしたいなって！」

「……楓ちゃんは優しいね。だけど、私といるところ見られたら嫌な思いするよ」

優しい。その言葉が棘のように胸に突き刺さった。

「私、優しくなんてないよ」

今まで私は周りでなにかが起こっていても、目を逸らしていた。揉め事を傍観して、安全な場所でいい人を演じる。

それが私にとっての最善だと思っていたのだ。でももしも今、傍観者のまま知夏ちゃんと距離を置いてしまったら後悔する。自分がどうしたいのか。臆病で踏み出せなかっただけで、私の中でその答えはもう出ている。

「知夏ちゃんと仲良くなりたいし、周りの目より自分の気持ちを優先したいって思うんだ。だからこれは私のわがまま」

誰かにとって知夏ちゃんが嫌な人だったとしても、私にとっては違う。噂に惑わされずに、関わる人は自分で決めたい。

私が知夏ちゃんと仲良くしていたら、美来になにか言われるかもしれない。でも交友関係はひとつである必要はない。それぞれとの関係を大切にすればいい。

「……ありがとう」

知夏ちゃんは涙で濡れた頬を緩めた。

私や藤田くんが学校で知夏ちゃんと話すようになっても、噂がなかったことになるわけでも、知夏ちゃんへの嫌がらせが消えるわけでもない。

でも、知夏ちゃんにとって安らげる場所があってほしい。

すっかり話し込んでしまい、十一時を回っていた。

毎週一日くらい一緒にご飯を食べようと話をして、三人でどこにするか考えながら公園を出る。できれば周りの目を気にせずに過ごせる場所がいい。

「あ、パソコン室の近くの廊下がいいかも！　あそこって広いし授業ないとき生徒全く来ないんだよね～」

先ほど泣いたせいか知夏ちゃんは鼻声だ。けれど、もう空元気な感じではなく、いつもよりもリラックスして話しているように見える。視線を下げて地面を眺めると、あることが思い浮かんだ。

「藤田くん、星の道を通っていこう！」

　ここからなら数分で着くので、それほど時間は取らないはずだ。

「帰りの方向だしいいんじゃね」

「星の道？」

　知夏ちゃんが首を傾げる。藤田くんと私は顔を見合わせて、にっと笑う。きっとあの場所を気に入ってくれる気がした。

　十字路へ案内すると、知夏ちゃんは感嘆の声を上げる。

「わぁ、キラキラしてる！　こんな道あったんだ！」

「星みたいだなって思って、星の道って呼んでいるんだ」

「いいね！　私もこの道好き。なんでキラキラってしてるんだろう。不思議だね〜」

　アスファルトを観察している知夏ちゃんに、藤田くんが「ガラスが交じっている」と説明する。ヘッドライトの光によってガラスが反射して、車線や横断歩道などの存在が目立つように舗装《ほそう》されているそうだ。

「すごいね。ガラスって割れていても使い道があるんだ」

　モノクロの視界でも光っているのは見えるけれど、いつか色が戻ったらこの道を改めて見たい。星の道は色のある世界ではどう見えるのだろう。

　地面を眺めていた知夏ちゃんが顔を上げて、なにかを閃《ひらめ》いたように目を輝かせる。

「よし、じゃああの電柱まで競走！」

「競走？」

知夏ちゃんの提案に、私と藤田くんが同時に声を上げる。

「負けたら、今度みんなのジュース奢《おご》るってことで～！」

「私負けそう……」

藤田くんも知夏ちゃんも、私よりも運動神経が良さそうだ。

「いや、笹原は足速い。体育祭のとき、リレーの選手だった」

「え、なんでそれ知ってるの！　それにあれは色々あって……元々穴埋めの補欠だっただけだから！」

百メートルのタイムだって特別速いわけじゃない。偶然補欠になった私が代打で出場しただけだ。

「いいからやるよ～！　電柱に最初に触れた人が勝ちね！」

有無を言わせぬ知夏ちゃんの「よーい、ドン！」という掛け声で、私はカバンを抱えながら足を踏み出した。高校生三人がこんな時間に外を走っているなんて、変な光景だ。だけど、夜空のようなアスファルトに瞬《またた》く星屑は、私たちが進むべき道を照らしてくれているみたいだ。

「藤田ってさー、楓ちゃんに優しいよねぇー！」

「は？」

「え？」

明るい声を響かせる知夏ちゃんに、私と藤田くんの動きが鈍くなる。

「隙アリ！」

どうやら作戦だったようで、一番前を走っていた藤田くんを知夏ちゃんが追い抜いていく。

「お前、それずるいだろ！」

「心理戦でーす！」

ふたりの背中が視界に映る。私はビリだろうなぁと、まだ勝敗が決まらないうちに予想がついた。でも負けが確定していても、ただ走るだけのこの時間が楽しくてたまらない。

「いっちばーん！」

電柱の前に最初に立ったのは知夏ちゃんだった。次に藤田くん、そして最後に私。

乱れた呼吸を整えながら、あることを思いだす。そして電柱に手を伸ばした。

「電柱に最初に触れた人が勝ち、だったよね？」

「あ！」

すぐに知夏ちゃんと藤田くんが電柱に触れたけれど、同時だった。

「私のほうが先だった！」

「いや、俺だろ。自分で言い出したルール覚えてないとかありえないよな」

「藤田だって忘れてたじゃん！」

子どもみたいな言い合いをしているふたりを眺めながら、私はおかしくって噴き出してしまう。

「私がビリだったのに、一番になっちゃったね」

つられるように藤田くんと知夏ちゃんも笑い出す。

誰かにとってはくだらないこの時間が、私の中ではかけがえのないもので、この日のことを忘れたくない。そう強く感じた夜だった。

六章

「え……お昼、別で食べるの？」

美来の声が沈み、表情に影が落ちる。

「毎日じゃなくて、美来が志保ちゃんと食べるときに、私は他の人とお昼食べてもいいかな……？」

志保ちゃんを交えて三人でお昼を食べることが度々あるので、そういう日に私は輪から抜けて知夏ちゃんと藤田くんと一緒にお昼を食べるつもりだった。

「志保が混ざるの嫌だった？」

「ううん。そういうのじゃないよ。ただ一緒に食べたい人たちがいるんだ」

「そっか……わかった」

詳しく聞かれるかと思ったけれど、美来はそれ以上聞いてこなかった。私が別で食べると言い出したことが意外だったのか呆然としている。

どう思われたのか、いなくなったあとにどんなことを言われるのか。考えると怖い。だけど、嫌われたくないからとひとつの居場所にしがみつくのではなくて、美来との関係も知夏ちゃんたちとの関係も大事にできるようにしていきたい。

昼休み、志保ちゃんの元へ行く美来と別れる。私はお弁当を持って一階まで下りた。渡り廊下を進み、東館と呼ばれている増築された校舎に足を踏み入れる。授業以外でこの建物を訪れる生徒は少ないため、ひと気がない。

パソコン室の近くまで行くと、階段付近の開けた場所に知夏ちゃんが座っていた。

「お待たせ、知夏ちゃん」

ふたりで床に座り、他愛のない会話をしていると、少しして藤田くんがやってきた。

どうやら購買までパンを買いにいっていたようで、両手にパンを四つ抱えている。藤田くんの食べる量に驚愕した。私だったらふたつでお腹《なか》いっぱいになる。

「そんなに食べられるの？」

「余裕。てか、岡辺それだけかよ」

一方知夏ちゃんは小さなおにぎりひとつだけで、かなりの少食のようだった。

「お昼ってあんまりお腹空かないんだよねぇ。食べすぎると気持ち悪くなっちゃうときがあって」

あっけらかんとした口調で話しているけれど、その原因はおそらく学校での人間関係なのではないかと思う。気を張り詰めて過ごしているため、食事があまり喉を通らないのかもしれない。

黙り込んだ私と藤田くんがなにを考えているのか察したらしく、知夏ちゃんが眉を下げて微笑む。

「でも今日は久しぶりにお昼休みが楽しいよ」

鼻の奥がつんとして、目が潤んだ。心の支えというほど大きくはなくても、このひとときが知夏ちゃんの中で小さな希望になっているのなら、お昼ご飯を食べようと提案してみてよかった。

「そういえばさ、さっき先生に呼び出されたんだよね」

「それって、クラスの人たちのことで?」

「うん。体育でボール投げられたり、足引っかけられたりしてる私を見て、いじめのこと勘づいたみたい」

知夏ちゃんはどこか浮かない表情だ。膝にできている痣をちらりと見やる。先生が介入して、どんな変化が起こるのか不安もあるのだろう。

「教師が目撃してんだから言い逃れはできねぇんじゃねぇの」

藤田くんの言う通り、彼女たちが怪我をさせた事実は先生に知られることになった。だけど、知夏ちゃんが言いつけたと思われて、エスカレートすることだってある。

「……そうだね。多分注意されてもあの人たちは変わらないと思うけどさ」

いじめが収まってほしい。でも相手がどう出るかわからない。誰かの悪意を止めるというのは簡単なことではなくて、噂だってすぐには消えない。

ご飯を食べ終わり、三人で東館を出た。あと十分くらいで昼休みが終わる。知夏ちゃんの表情は先ほどよりも強張っていて、教室に戻りたくないようだった。

階段を上り始めてから、私たちの口数は減っていく。時折もの珍しそうな視線が向けられて、藤田くんや知夏ちゃんに注目しているのがわかる。

一年生の教室がある三階に着いて、左へ曲がった。教室の位置的に、一番近いのは知夏ちゃんのクラスだ。

何事もなく無事に昼休みが終わると思ったときだった。前方に女子四人組が立っていて、こちらを見ている。敵視というよりも戸惑いを含んでいるような眼差しで、コソコソとなにかを話していた。無遠慮で嫌な視線だ。

「俯くなよ」

知夏ちゃんの右側に立った藤田くんが、私たちにだけ聞こえるほどの声量で言った。その一言は、私の背筋までピンと伸ばす。

そうだ。なにも悪いことをしていないのだから、俯く必要なんてない。私は知夏ちゃんの右側に立つ。

「大丈夫だよ、知夏ちゃん。なにかあったら、私駆けつける！」

自分でもこんな言葉が出てくるとは思わなかった。目立つのは苦手で、陰口を言われるのは嫌だというのは変わらない。

けれど苦しめられている知夏ちゃんを守りたいという気持ちが強い。大した力なんてないけれど、それでも傍にいることはできる。

「……ひとりじゃないって心強いね」

泣くのを堪えるような震えた声。ずっと知夏ちゃんはひとりぼっちで戦ってきた。やってないことを証明するのは難しい。噂は勝手にひとり歩きをして、尾鰭《おひれ》がついていく。

誤解している結愛ちゃんたちだけではなく、噂を聞いただけの無関係な人たちまで知夏ちゃんに勝手なイメージを貼り付ける。だけど、あの人はこういう人だと決めつけて接していた私も、彼らと同じだった。

私自身、他人に貼られたイメージで苦しさを抱えていたのに。

真面目。周りと上手くやれる。しっかりしてる。八方美人。誰かの中での私は、そういう人で、それが窮屈に感じることがあった。私よりも私を知っているようにイメージが作られていき、本当の自分がよくわからなくなっていく。

——笹原の気持ちを大事にしたほうがいいって話。

藤田くんがくれた言葉が頭を過ぎる。私はどうしたいのか。今まで何度も考え続けてきたけれど、今は自分の気持ちの形が見えてきていた。

周りの目やイメージよりも、もっと大事にしたいものがある。私は自分を守り続けてばかりじゃなくて、大切な友達を守りたい。

集まる視線から逃れるのは無理だけど、怯まないように顔を上げて歩いた。

「ありがとう、ふたりとも」

教室の前までたどり着くと、ぎこちなく微笑まれた。これからまた知夏ちゃんは味方のいない教室で過ごさなければならない。

教室の中へ入っていき、知夏ちゃんの背中が遠ざかっていく。

バイト初日に、『なにかあったらいつでも相談してね』と声をかけてくれた笑顔や、困ったときに素早くフォローしてくれたこと、辛いと言いながら泣いていた姿が脳裏に浮かぶ。

ほんの些細なことかもしれないけれど、それでも――。

「知夏ちゃん、またね！」

私は味方だよって、伝えたい。振り返った知夏ちゃんは、今にも泣き出しそうな表情のまま唇で弧を描く。

「うん！　またね。楓ちゃん、藤田！」

教室の真ん中で、知夏ちゃんがバイト先みたいに大きくて明るい声を出す。たくさんの視線を浴びながら、私たちは手を振り合った。

「俺と教室戻って大丈夫なわけ？」

知夏ちゃんと別れて、私と藤田くんはふたりで廊下を歩いていく。

今から別々で歩けば、同じクラスの人たちからは好奇の目で見られない。そうしたいのなら今のうちだという藤田くんなりの優しさだ。私は「大丈夫」と答える。

「さっきので、吹っ切れちゃった」

「あんな大きな声出すのは意外だった。いや、笹原って案外大きな声出すよな。バイト初日とか、帰り道でびびったし」

「あれは力が入りすぎちゃっただけだよ！」

からかうように言われて、慌てて否定する。普段は特に声は大きくないけれど、緊張したり、力みすぎるとつい声量が上がってしまう。

「笹原も悪い噂流されるかもしれねぇぞ」

「それは嫌だなぁ」

「なら……」

「でもそれを気にするせいで、藤田くんや知夏ちゃんと一緒にいられないなら、そっちのほうが私は嫌だなって」

「笹原がそう思うなら別にいいけど」

素っ気なく言いながらも、表情は柔らかい。藤田くんは歩調を合わせてくれるし、話も真剣に聞いてくれる。ぶっきらぼうだけど優しくて、困っていると手を差し伸べてくれる人だ。噂なんて当てにならないなと改めて思う。

「今日のお昼、楽しかった？」

「久しぶりに誰かと昼飯食ったし、つまらなくはなかった」

あと素直じゃないも追加だ。クスクスと笑ってしまうと、怪訝《けげん》そうな顔をされる。

「なんだよ」

「藤田くんっておもしろいなって思って」

「そんなこと初めて言われたけど」

歩いていると、無数の視線を感じる。だけど、それでも今は不思議と怖くはなくなっていた。私は自分の意志で、彼の隣にいる。

学校という狭い世界の中で、私たちは自分の色を隠したり、誰かの色に寄せてしまうことがある。人と上手くやるには我慢も必要だけれど、自分の気持ちをのみ込みすぎていたら、やがてエラーが起こる。灰色の世界は私自身のＳＯＳだったのかもしれない。

教室に戻ると、藤田くんと私が一緒に入ってきたことに特に驚いている人はいなかった。おそらく偶然同時に教室に入ってきたくらいにしか思われていないようだ。

「あ、楓～。おかえり～」

私に気づいた美来が軽く手を振ってくる。

「ただいま！」

お弁当を机の上に置いてから、美来のほうへ歩み寄ると何故かほっとしたように私を見上げてきた。

「どうしたの？」

「楓がお昼別々なの初めてだったから……私、なにかしちゃったのかなって思って」

歯切れ悪く美来が答える。私が突然他の人とご飯を食べることにしたのを気にしているようだった。

「バイト先が一緒の子たちがいて、お昼時々食べようってなったんだ」

「それって藤田くん？」

「藤田くんと、商業科の岡辺知夏ちゃん」

「え、岡辺さん？」

以前だったら、答えることを躊躇っていた。けれど隠す必要なんてない。

「うん。バイト先が同じで仲良いんだ」

私たちの関係を意外そうにしながらも、美来は安心したように口元を緩める。

「そっか、そうだったんだ」

めぐみのこともあって、揉め事が起こるのを不安がっていたみたいだ。

顔色をうかがわれる側の人間だと決めつけていたけれど、強さの裏側に脆さも抱えていて、私と同じで嫌われたくないという思いが美来の中にもあるんだ。

右腕につけているお揃いのバングルを指先でなぞる。これは自分を縛りつけるもの。いつの間にか、そう認識してしまっていた。

けれど、美来が好意からくれた思い出の品であり、拘束力なんてないのだ。ひとつの居場所の証であって、留まらなければいけない鎖ではない。

私は自分が思っているよりも、きっと自由だ。

スケジュール通りに展示の準備は順調に進んでいる。板にペンキを塗る作業も二枚は無事に終わり、今日は残りのもう一枚に塗っていく予定だ。

洗って乾かしていたハケや水を入れたバケツ、新聞紙などを抱えて歩いていると、隣にやってきた藤田くんがバケツを持ってくれた。

「貸して」

「ありがとう」

「作業順調？」

「うん。このままいけば間に合いそうだよ。あ、それとアンケート集まったから、私たちも来週、当日のタイムスケジュール組もう」

何人ずつで組んでいくかなどをふたりで話していると、あっというまにピロティに到着する。まだみんな来ていないようだった。

「運んでくれて、ありがとう。そこに置いておいてもらって大丈夫だよ」

床にペンキが垂れないように新聞紙を敷いていると、藤田くんもそれを手伝ってくれる。

「藤田くんも色塗らない？」

「……俺いても邪魔じゃね？」

私が板に手をかけると、藤田くんが一緒に持ち上げて新聞紙の上に置いてくれる。

「そんなことないよ。みんなでやったほうが早いし」

端っこに並べていた使いかけのペンキを板の前まで持ってきて、ハケに色をつける。

「ペンキで塗るの初めてだったんだけど楽しいよ」

たっぷりと色を含んだハケからペンキが垂れる。ぽたぽたと雨の雫のような染みが板に広がった。

「笹原、それ」

「え？」

「青じゃなくて赤のペンキ」

……赤？

血の気が引いていく。慌ててハケをペンキの蓋の上に置いて、余っている新聞紙で板から色を吸い取ろうとするけれど、一度ついた色は消えない。

「っ、どうしよう、私……」

　間違えて他のクラスのペンキを使ってしまった。もっと気をつけてペンキに書いてある色の名前を確認するべきだったのに。なんとかしなくちゃ。

「なんで赤塗ってるの⁉」

　叫ぶような声が聞こえて、びくりと肩を震わせる。

「どうしたの？」

「え、なにこれ……」

　めぐみやクラスの子たちが私の周りに集まってきた。板についている色を見て戸惑っている声が聞こえてくる。

　くしゃくしゃになった新聞紙を持っている私に視線が集まり、頭が真っ白になる。みんなに説明をしなくちゃいけないのに、言葉が出てこない。

「俺が間違えた」

　私を庇《かば》うように藤田くんが声を上げた。違う。藤田くんじゃない。私がしてしまったことなのに。

「ちが……」

「ごめん」

みんなの非難するような視線が私から藤田くんへ向けられていく。このままじゃ藤田くんの責任になってしまう。

「……テーマ、海なのに」

「赤塗るとか、ありえなくない？」

どくりと心臓が大きく跳ねる。私のせいだ。

色がわからない私のために、藤田くんは名乗り出てくれた。このままやり過ごしたら、私のミスはみんなに知られない。誰からも責められることもない。だけど藤田くんの陰に隠れていたら、私は自分を許せなくなる。藤田くんの優しさに甘えちゃダメだ。

「私……っ」

振り返った藤田くんがやめろというように眉を寄せた。

「赤を塗ったの私なの！」

新聞紙を握りしめながら、声を上げる。

「間違えて赤をハケにつけちゃって、藤田くんがそれに気づいて止めようとしてくれたんだけど、ペンキが垂れちゃって……」

理解できないといった様子のみんなの瞳。それでも自分の言葉できちんと説明をしないと。

「本当にごめんなさい！」

静まり返り、痛いほど心音が加速していく。

なにか言わなくちゃ。このままじゃダメだ。せっかくみんなで頑張ってきたのに。

「……っ」

「一旦落ち着いて。どうすればいいか考えよう」

めぐみは冷静に言いつつも、気遣うように私の肩に手を乗せる。溢れ出てくる涙を服の袖で拭いながら私は頷いた。こんなときだからこそ、しっかりしなくちゃ。色が見えないからなんて言い訳にならない。確認を怠《おこた》った私の責任だ。

「これって上から塗ったら一部だけ色変わっちゃったりするのかな」

ひとりの子が漏らした疑問に、みんな黙り込んでしまう。彼女の言う通り、安易に重ね塗りしてしまったら混ざるのだろうか。

「白く塗れば」

私たちの沈黙を裂いたのは、藤田くんの声だった。

「白いペンキ買うくらいの予算まだ残ってねぇの？」

めぐみはカバンからノートを取り出して、ページを捲《めく》っていく。

「けっこう使っちゃったから、買えるか微妙」

私が白いペンキ代を負担するのが一番いい方法かもしれない。だけど注文して届くまでの期間は作業ができない。それか近場でないか検索して探しに行くしかない。

「ペンキって先輩たちがまとめて購入してくれたんだよね？　どこで買ったのか聞いてみる？　もしかしたら余りとかもあるかも」

「でも三年でしょ？　接点ないし……譲ってくれるかな」

躊躇っている子たちの会話を聞きながら、あることを思いついた。

「美来に協力してもらおう！」

なんで美来の名前が出てくるのかと疑問を抱いている人が多い中、めぐみは私の考えがわかったようだった。

「確かに適任。三年に仲の良い人いるし」

まだこの時間帯なら学校の近くにいるかもしれない。スマホを取り出して、美来に電話をかける。五コールほど鳴ると、『楓？　どうしたの』と声がした。

「美来にお願いがあって……」

展示の板に塗るペンキの色を間違えたことや、上から白いペンキを塗りたいことなどを説明していく。

「先輩たちがまとめてペンキを買ってくれたから、白のペンキがあったら分けてくれないかお願いしたくて……美来、三年の先輩の連絡先知ってたから、できれば聞いてみてくれないかなって」

相槌を打っていた美来の声が止まる。こんなときに頼られて嫌な気持ちになっているのかもしれない。聞いてと頼むより、連絡先を教えてと言ったほうがいいのだろうか。でも美来が片思いをしている相手なので、複雑な思いをさせてしまうはずだ。

『えーっと、つまり私から先輩に白いペンキあったら分けてほしいって頼めばいい？』

「……お願いできる？」

『おっけー！　今から聞いてみる。あとでまた連絡するね！』

美来が協力をしてくれたことに、再び目が潤んでいく。俯いたら涙が零れ落ちそうだった。まだペンキをもらえるかもわからないのだから、泣いている場合ではない。

白いペンキをもらえた場合、私が塗ってしまった赤色が完全に乾いていないと今日塗ることができない。なにか乾かす方法はないのだろうか。下敷きであおいでも限界がある。

他にないかと考えを巡らせると、あるものが頭に浮かんだ。

「保健室の先生にドライヤーないか聞きにいってくる！」

居ても立っても居られず、動き出そうとする私の腕を藤田くんが掴んだ。

「落ち着けって。そもそも保健室にドライヤーなんてあるのかよ」

「……ないかな？」

ひとりの子が「水泳部！」と声を上げた。

「部活が終わったらドライヤー使ってるって言ってたよ！　今日も部活あるはず」

「私、借りてくる！」

「まだ白いペンキもらえるかわからねぇだろ」

藤田くんの言いたいことはわかる。だけどもらえた場合のことを考えると、一秒でも早く乾かしたほうがいい。

「事前に準備しておきたくて！」

「水泳部に知り合いいんの？」

「……いない」

急に知らない人がドライヤーを貸してと言いに行っても、水泳部の人たちは躊躇うかもしれない。

「中学のときの友達、水泳部にいるよ。借りに行ってこようか？」

めぐみが名乗り出てくれた。けれど、これは私に責任があることだ。めぐみだけに行かせるわけにはいかない。

「一緒に来てもらってもいい？」

「わかった。じゃあ行ってくるね」

他の子たちに断りを入れて、私とめぐみはピロティを出た。

校舎の西側にある四角い建物が温水プールになっている。中に入ると水泳部の人たちがいて、準備運動をしていた。

めぐみの知り合いの子に声をかけて、事情を話す。ドライヤーは部のものらしく、先輩や顧問の先生に確認をしてくれることになった。

私とめぐみは部活の邪魔にならないように、女子更衣室にあるベンチに座って待つことにした。

「一緒に来てくれてありがとう」

「……うん」

こうしてめぐみがいてくれるだけで心強い。それに焦って取り乱していた私を落ち着かせようとしてくれた。

「スケジュールの件も手伝ってくれたり、色々本当にありがとう。助けてもらってばっかりなのに、こんな迷惑かけちゃってごめんね」

向き合わないといけないと思いながら後回しにして、私はめぐみに伝えられていないかったことがたくさんある。

「私……めぐみと話したいって思ってたんだ」

あの夏の日、突き放されたように感じて、めぐみを避けるようになってしまった。

だけど私たちの間には圧倒的に言葉が不足していて、お互いに本音を知らない。

「自分の気持ちを言うのが苦手で、流されて楽をしてたこともあったんだ。でも……めぐみのことも美来のことも大事だったの」

好きだからこそ嫌われたくなくて、私はふたりの機嫌を気にしていた。

「不満が全くなかったわけでもないけど、嫌々一緒にいたわけじゃなかったんだ。それだけは知ってほしかった」

私がもっと本音を伝えることができていたら、壊れずに済んだのかもしれないとか、ふたりの間を取り持てていたらとか、考えてしまう。だけどもう一度戻ったとしても、正解なんてわからない。それに後悔をした今だからこそ、自分の気持ちを伝える大切さに気づけたのだと思う。

「……私のほうこそ、酷いこと言ってごめん」

めぐみの声が微かに震えていた。泣き出しそうな眼差しで私を見つめている。

「私ずっと、楓に謝りたいって思ってたのに、なかなか言えなくって。……勇気がでなかった」

予想外の言葉に呆然としていると、めぐみが諦めたように目を伏せる。

「ごめん、楓。怒ってるよね」

「……どうして？」

むしろめぐみが私を嫌っていると思っていた。もしかしたら教室で私がめぐみと美来に感情をぶつけてしまったからだろうか。

「八つ当たりでキツいことたくさん言ったし……。いつも楓は不満があっても我慢するでしょ。だから内心、私に呆れてるんじゃないかって思うと怖かった」

人と上手くやるには表に出さないほうがいい感情もある。けれど私の我慢は、めぐみにとって見えない壁のように感じていたんだ。

「ごめん……めぐみ」

——美来の顔色を気にしながら、私に話しかけるのはなんで？

八つ当たりと言っていたけれど、きっとそれだけじゃない。

「私がめぐみを苦しめていたんだね」

人の顔色ばかりうかがっていた私は、悪者になりたくなかった。

「揉め事が起こるのが嫌だったんだ。平和でいたかった。そのためならちょっとの我慢くらい大丈夫って思い込んでたの」

それが原因で、気づかないうちに心にストレスが蓄積されていった。

「私、自分のことが嫌いで、でもこんな自分を手放せなくて、変わることも怖くって……そんな私をめぐみに見透かされた気がしたんだ」

なにをするにも自信が持てないまま、その場しのぎの言葉を羅列して、無害な善人を演じていたのだ。自分で首を絞めているのに、人から指摘された途端、中身のない笹原楓という存在が恥ずかしくてたまらなくなった。

「楓は優しいから、みんなに合わせてくれてたんでしょ」

「違うよ。ただ臆病なだけ。めぐみのはっきりと言いたいことを口にできるところとか、自分を持っていて強いところに憧れてたの。でもなれないって諦めてた」

曖昧なことばかり言っている私とは違って、意志を強く持っているめぐみを眩しい存在に思っていた。そして手に入れられないものから目を逸らすように、苦手なタイプだと身勝手なラベルを貼って避けてしまった。

「強くなんてないよ」

めぐみは手をきつく握りしめると、今にも泣きそうな表情で笑う。

「強がってただけ。本当は……しんどかった」

美来と仲違いをしてもめぐみは平然としているように見えていた。無理して合わない人といるよりも、ひとりのほうが楽なのだろう。そう思っていた。だけど平気なフリをしていただけだったんだ。

「居場所がなくなっていくのがわかって、一緒にいるのが辛くって……」

目頭に溜まった透明な涙が、めぐみの頬をなぞるように伝っていく。

「楓も私と美来に気を遣って大変そうだったし、私なんていないほうがみんないいんだろうなって」

〝いないほうがいい〟そんな言葉をめぐみが口にしたことに耳を疑う。

「学校いきたくなくて直前まで悩んだときもあったし、教室で泣きそうになったこともあって、気持ちの切り替えができたのは最近なんだ」

親しかったはずなのに、私はなにもわかっていなかった。めぐみは強いからと決めつけて、表面上だけで判断していた。

教室の中で、みんな平等に席を与えられているはずなのに、誰かとの関係が悪化しただけで、居場所が狭くなったように感じてしまう。

もしも自分がめぐみの立場だったとしたら、じわじわと酸素が減っていくように呼吸が苦しくなって、声を出すことすら躊躇う。

「だけど……ごめん。自分がしんどかったからって、酷いこと言って楓のこと傷つけていい理由にならないよね」

私たちはお互いのことを見ようとせずに、自分の痛みばかりに気を取られていた。もっと早くこうして言葉を交わせていたら、私たちはここまで傷つけ合うこともなかったのかもしれない。

「めぐみが辛いことに気づけなくて、ごめんね」

私と同じで、めぐみも弱さを持っている。でもその形が違うだけ。美来だってそうだ。当たり前のことに気づくまでに遠回りをしてしまった。

めぐみは首を横に振る。

「……私もごめん」

赤色の中に、ほんの少しだけ橙色が交ざっていることに気づいた。

めぐみは藤田くんと同じ赤色を纏っていても全く一緒というわけではない。それぞれ自分の色という個性がある。そしてそれは、関わる人や環境、自分自身がどう在りたいかによって変化していけるのかもしれない。


水泳部の子から無事にドライヤーを借りることができて、赤いペンキがついてしまった板を乾かしていると、元気な声が廊下に響き渡る。

「先輩から白いペンキもらってきたよ～！　これ全部使っていいって！」

美来はペンキの缶を抱えながら、小走りでこちらにやってきた。どうやら美来は先輩に連絡をしたあと、学校まで戻ってきて受け取りにいってくれたらしい。

「本当にありがとう！」

白いペンキを塗る作業が追加になってしまうのは申し訳ないけれど、なんとか乗り切れそうで緊張の糸が解けていく。

板に白く下塗りをすることになり、早速みんなで準備に取り掛かる。放課後にできる時間は限られているので、今日はあと一時間くらいしか残っていない。

「……美来と藤田くんも手伝ってくれる？」

おずおずとふたりに声をかける。美来も藤田くんも、周りの子たちを気にしながらも頷いてくれた。

赤の部分が乾いたことを確認してから、みんなでペンキを板に塗っていく。黙々と作業をしていて、普段の和気藹々とした空間とは別物になっていた。そんな中、沈黙を破ったのは美来だった。めぐみの塗りを見て、笑いながら指摘する。

「めぐみ、ペンキ多すぎなんだって！　よれてるじゃん！」

「少ないほうが綺麗に塗れないし」

「いやいや、藤田くんの見てみなよ！　めちゃくちゃ綺麗に塗ってんじゃん！」

「……どうやったらそんな風に塗れるの」

ふたりは似ているところがあっても、めぐみは不器用で、藤田くんのほうが几帳面のようだ。美来と私が笑うと、他の子たちもつられて笑う。それからだんだんとみんな口数が増えていき、いつもの活気が戻っていった。

無事に白いペンキを塗り終えて、私と美来とめぐみはみんなのハケを回収して水道に洗いにいった。冷たい水でハケを手で揉むように洗い、ペンキを落としていく。

「ちょ、めぐみ！　ジャージに思いっきりついてんじゃん！」

「洗ったら落ちるでしょ」

「ペンキなんだから、落ちなくない？」

「え、うそ！　落ちないの？」

ふたりのやりとりに私は笑ってしまう。特別おかしいことを言っているわけではないけれど懐かしかった。

「なんかこういうの久しぶりだね」

美来もめぐみも「そうだね」と言って笑う。

三人で過ごしてきた日々が、今では遠く感じる。廊下から誰かの笑い声が聞こえて、あの頃の記憶が蘇る。

高校に入学してから初めて食堂に行ったとき、楽しみにしていたけれど、思ったよりもメニューが少なくてガッカリした。でも揚げたての唐揚げがおいしくて、みんなでしばらくハマっていた。

体育祭では、美来が先輩に彼女がいることを知って泣き腫《は》らしていた。リレーの選手だったけれど出られるメンタルじゃなくて、補欠だった私が代打で出場した。応援してくれているめぐみの大きな声が聞こえたとき、恥ずかしかったけれど嬉しかった。

めぐみの誕生日には、カラオケにいって、サプライズでお祝いした。いきなりバースデーソングが流れて呆然としためぐみの姿に、私たちは笑って途中から歌えなくなった。

――楓は私たちと一緒にいて、本当に楽しい？

あのときの返事を今ならできる。

「私、めぐみと美来といて楽しかった。仲良くなれてよかったって思ってる」

いいことも、苦しかったことも、すべてひっくるめて私にとっての大事な思い出。

「私も楽しかったよ」

めぐみが迷いのない声音で言い切ってくれたことに、私は目頭が熱くなる。美来はどこか寂しげに微笑みながら「私も」と言葉を続けた。

「てか、卒業するみたいな空気じゃん！　まだ二年あるのに！」

しんみりしすぎだと美来は笑うけれど、涙声になっている。この先のことははっきりとはわからない。けれど、仲直りをしてもまた三人で一緒にいるようになるわけではないと思う。それでも終わらせたくなかった。

「どうしてもふたりには、私の気持ちを伝えておきたかったんだ。ふたりとも、ありがとう」

めぐみは泣くのを堪えるような表情で、私に笑いかける。

「楓の気持ち、聞けてよかった」

すれ違ったりぶつかったり、綺麗に片づかない思いも私たちは抱えている。けれど、一度拗れたからといって投げ出さずに、繋がりの形が変わっていっても、ふたりとの縁を私はこれからも大事にしていきたい。

ハケを洗い終わり、ピロティへ戻る途中、藤田くんの後ろ姿が見えた。カバンを持っていたので、先に帰るみたいだ。

「ごめん、先戻ってて！」

私は走って追いかけていく。まだお礼を言えていない。あとで連絡もできるけど、でも今直接伝えたい。

階段を下っている彼を見つけて、「藤田くん！」と呼びかける。

「塗るの手伝ってくれてありがとう！」

立ち止まった藤田くんは、浮かない表情だった。無理矢理手伝わせてしまったせいだろうか。

「あの、」

「余計なこと言って悪かった」

「え？」

「赤いペンキの件、俺がやったってことにしたら大丈夫だって思って勝手なことした」

「……私、藤田くんがいてくれなかったら、ひとりで混乱したままだったと思う」

そしてなにも言えず、余計に状況は悪くなっていたはずだ。

「あのとき、庇ってくれてありがとう」

不器用な彼の優しさのおかげで、私は自分のしてしまったことに向き合うことができた。すると、藤田くんは口元を緩める。

「ペンキ、案外楽しかった。じゃあな」

ひらりと手を軽く振って階段を再び下っていく。その背中を追うように私は手すりを掴み、一歩踏み出した。

「藤田くん！　またね！」

「だから、声でけぇって」

そう言いながらも「またな」と藤田くんは返してくれた。

赤色のペンキのアクシデントがあったものの、その後の作業は順調に進んだ。いよいよ文化祭が明日へと迫り、校内がより一層落ち着かない雰囲気になっている。

いまだに準備に追われて忙しそうな人もいれば、どんな髪型にしようかとはしゃいでいる人たちもいて、お祭り前の高揚感が学校全体を覆っているようだった。

「うちのクラスは、受付とか当日の雑用係だから今日はすることなくってさ〜。あ、そうだ土曜日の昼どこで待ち合わせする？」

おにぎりを食べながら、知夏ちゃんが文化祭のパンフレットを開く。

「外から回りたいし、昇降口のところにしよっか」

「おっけー！　一緒に回るの楽しみだなぁ」

知夏ちゃんは明るくなった。元々賑やかな性格だったけれど、学校ではどこか無理をしていた。でも今は笑顔も自然で、本当に文化祭を楽しみにしているのがわかる。

体育の授業がきっかけで先生が気づいたことによって、知夏ちゃんをいじめていた子たちは呼び出されて叱られた。とはいっても、大人が介入したって綺麗に丸く収まったわけではない。

今でもすれ違うと陰口を言われたり、舌打ちをされたりするし、クラス内では話しかけてくれる人もいないそうだ。けれど、怪我をさせられるような極端な嫌がらせはなくなったようで、以前よりは過ごしやすいと言っていた。

「藤田も空けといてよ！」

気怠げに「はいはい」と藤田くんが返す。なにか興味を引くものがあれば、楽しみにしてくれるだろうか。

「たこ焼きとかお好み焼きとか、あと串焼きとか当日売ってるんだって！」

「うん？　まあ、文化祭だしな」

特に食いついてくれることもなく、だからなにとでも言いたげな眼差しに、がっくりと肩を落とす。藤田くんを乗り気にさせるのは難しい。

「あとは？」

「え？」

「他に笹原の行きたい場所ねぇの？」

藤田くんは甘いものよりもご飯系が好きかと思って提案したけれど、私が行きたい場所の話をしていると思われているみたいだ。

「うーんと、二時からやる演劇が気になってるかな」

演劇部の催しは毎年人気があり、今年は卒業生が脚本を書いた大正時代の物語だとクラスの子たちが話していた。衣装や小道具も細部までこだわっているらしい。

「じゃあ、それ行くか」

「いいの？」

「観たいんだろ」

すんなりと承諾してくれて、口をぽかんと開けてしまう。藤田くんは演劇には興味がなさそうなので、嫌がるかと思った。私たちのやりとりを見ていた知夏ちゃんが、目を細めてにんまりと微笑む。

「藤田は楓ちゃんには優しいねぇ」

「お前はそうやってからかうから優しくしたくない」

「え～、からかってないじゃん？　本当のこと言ってるだけだし」

「うるせぇな。そのにやけた顔やめろ」

「うわ、ひど！」

藤田くんと知夏ちゃんの口喧嘩にも最近は慣れてきた。仲が良いなぁと表情を緩めると、言い合っていたふたりの視線が一気に私へ集まる。

「文化祭、藤田なんて置いてふたりで楽しも！　楓ちゃん！」

「は？　俺と演劇観に行く約束しただろ」

「え、ちょ、ちょっと落ち着いて！」

どっちと行くんだと詰め寄られて困惑していると、しかめっ面だったふたりが私の顔を見て数秒硬直する。そしておかしそうに笑い出した。

「慌てすぎ」

「だ、だって！」

笑っている知夏ちゃんと藤田くんの姿を見ていると、私までつられてしまう。三人の笑い声が、ひと気のないパソコン室前の廊下に響く。

この居場所を大事にしたい。失いたくない。だからこそ、守るために言葉を我慢しすぎず、自分の意見も見失わないでいたい。

立ち上がったふたりが私に優しい眼差しを向ける。もうすぐ昼休みが終わる時間だ。

いこうと声をかけられて、私も立ち上がった。三人での穏やかなひとときは、あっというまに過ぎてしまう。

一年生の教室がある三階に着くと、忙しく作業をしている生徒たちの声が廊下に聞こえてくる。どのクラスも最終調整しているところみたいだ。

「楓ちゃんところの展示、海がテーマなんだっけ？」

「うん。もうほとんどできてきたよ！　あとは細かい飾りつけかな。見てみる？」

「見たい！」

知夏ちゃんを連れて、私と藤田くんのクラスがあるほうへ歩いていく。普段はこちら側にあまりこないので初めて見るのか、知夏ちゃんは他のクラスが作っている作品を興味津々に眺めていた。

「あれだよ」

後ろのドアから教室を覗き、私たちが制作している海をモチーフにしたフォトスポットを指差す。

「わあ、きれー！」

感嘆の声を漏らした知夏ちゃんが、いいこと思いついたと手を叩いた。

「当日さ、三人で写真撮ろうよ！」

「なんで俺らのクラスの展示でわざわざ撮るんだよ」

「いいじゃん、記念！　あ、でも当日並んだりするのかな〜」

そんな私たちの会話が聞こえたのか、めぐみが「撮ろうか？」と声をかけてくれた。

噂のことがあるからか、遠巻きに見ている人たちが多くいる。けれど、めぐみはそんなこと気にしていないようだった。

「まだ完成じゃないけど、写真映えはするでしょ。楓、スマホ貸して」

「え！　い、今？」

早くと、めぐみが手のひらを差し出してくる。

「ありがと〜！　ほら、撮ってもらおう！」

乗り気な知夏ちゃんと、諦めたように引っ張られていく藤田くん。私はめぐみにスマホを手渡し、展示の前に立つ。

今は無彩色に見えるけれど、それでもいつかこの写真を見返したとき、取り巻く世界の鮮やかさを知ることができる。

藤田くんと知夏ちゃん、そして私が並ぶと、教室にいる人たちの好奇な視線が一気に集まる。

「撮るよー」

スマホをめぐみが構える。その瞬間、なにかが吹っ切れた。みんなにどう思われているのかは、わからない。だけど私は、自分の意思でここに立っているのだ。

——カシャ、と機械音が鳴る。数枚撮ってもらうと、私はめぐみからスマホを受け取った。

「ありがとう」

あとで送るねと約束をして、知夏ちゃんが教室を去っていく。注目されたのは緊張したけれど、でも撮ってもらえてよかった。大切な思い出がひとつ増えた。

「あの子、商業科の岡辺さんだよね？　あんな感じの人なんだ」

クラスの子たちが近づいてくる。嫌悪感はなさそうで、むしろふたりの印象が変わったようだった。

「てか、藤田くんが写真撮ってくれるの意外！」

人から聞いた噂話じゃなくて、みんなが自分の目で見たものを信じてくれたら、彼らへの偏見も消えるはず。

「楓ちゃんって、あのふたりと仲良いの？」

一緒にいるところを何人かに目撃されてはいたものの、親しい間柄だということはまだ浸透していないようだった。

答えは決まっている。私は躊躇うことなく頷いた。

「友達！」

私にとってふたりは、これからも仲良くしていたい大事な人たち。簡単に噂は消えないし、悪いイメージもすぐには払拭できないだろうけれど、変化は起こり始めている。


私はずっと、心のどこかで自分ではない誰かになりたかった。

めぐみみたいに自分の意見をきちんと言える人や、美来のように人前に立つのが得意な人。知夏ちゃんみたいに明るくて場を和ませてくれる人。

そんな鮮やかな色を纏う人たちが羨ましかった。

でも変わることが怖くて、同調して、のみ込んで、愛想笑いの繰り返し。どうせあんな風にはなれないと諦めて、波風立てないようにと本音を隠していた。

そうして私の色は、他人の色と混ざって灰色に濁ってしまった。

だけど、人はなに色にでもなれるし、なに色でいてもいい。たとえ目立つ個性ではないとしても、私は好きな色を纏う自分でいたい。そしてそんな自分を好きでいたい。

肩にかかった私の髪が左右に揺れた。そして宙を裂くような音と共に、風が教室に吹き荒れる。灰色の正方形の紙や薄手の布がはためき、白いビーズカーテンがじゃらじゃらと揺れ動いた。

髪の毛で視界が遮られて、反射的に目を瞑った。

「紙が飛んでいっちゃうよ！　早く窓閉めて！」

めぐみの焦ったような声が聞こえてくる。誰かが窓を開けてしまったみたいだ。

「ごめんごめん！　今閉める！」

　空いた左手で髪を押さえながら、おもむろに目を開ける。

「――っ！」

　視界に映った光景に、私は息をのんだ。

　ひらひらと舞っているオーロラの紙は、海に降る雪みたいだ。雲のように流れている薄手の布は深い緑色をしていて、ペンキが塗られた板は、ムラがあるけれど空よりももっと濃く、目が覚めるような青だった。

　飾られているビーズカーテンは乳白色で、真珠《しんじゅ》のような煌《きら》めきを放っている。和紙でできたクラゲは水彩絵の具で色をつけられていて、淡い水色や紫色のグラデーションになっていた。

　世界の色を取り戻して、涙が滲んでいく。

　こんなにも綺麗なものを、私たちは作っていたんだ。

「笹原？　どうした？」

　私の異変に気づいた藤田くんが心配そうに声をかけてくれた。

　涙を拭おうとすると、自分の指先から桃色や緑色などの鮮やかな色が溢れていくのが見えて、動きを止める。けれどそれは一瞬のことで、自分の纏う色も周りの人たちが纏う色も見えなくなった。

「藤田くん。私……」

目尻に溜まった雫が零れ落ちる。

「自分のことが前よりも好きになれそう」

たくさんのことを気づかせてくれて、ありがとう。

――さよなら、私の灰色の世界。

番外編

「二十五日、先輩から誘われたんだけど、これってアリなのかな！」

私の席にやってきた美来が興奮気味に、机に手をついた。以前から憧れていた先輩と文化祭がきっかけで距離がさらに近づいて、ここ最近やりとりをしているらしい。

「ね、楓はどう思う？」

期待が交じった眼差しで意見を求められて、腕を組んで唸る。先輩のことをよく知らないので、こうじゃないかと予想を立てることもできない。

「どんな会話の流れで誘われたの？」

「もうすぐクリスマスだよねーとか、そういう話してたんだけど、予定あるの？　とか聞かれて。で、ないですって答えたら〝じゃあ一緒に遊ばない？〟って！」

「クリスマス……」

すっかり十二月のイベントを忘れていた。今日から十二月なので、あと三週間ちょっとでクリスマスだ。

「なに今思い出したみたいな顔してるの」

「……今、思い出した」

「ええっ！」

去年は中学の友人たちと集まってお菓子パーティーをしていたけれど、今年はそういう話も出ていないので、その行事が頭から抜け落ちていた。

「楓だって無関係じゃないでしょ」

「どうして？」

正直、私にはあまり関係がない。家でクリスマスケーキは買うかもしれないけれど、サンタクロースを信じている年齢でもないので、プレゼントももらえない。

「いやいや、約束とかしてないの？」

「約束って、誰と？」

「藤田くん」

美来に真顔で言われて硬直する。誤解をされているようで、返答に困ってしまう。

「付き合ってるんじゃないの？」

近頃私に恋愛相談を美来がしてくるようになった理由が、ここにきてようやくわかった。私と藤田くんが付き合っていると思っていたからだ。

「付き合ってないよ」

「まじで？　文化祭一緒に回ってたし、お昼時々一緒に食べてるのに？」

私が頷くと、まだ信じ切っていない美来が疑わしげな眼差しを向けてくる。文化祭もお昼もふたりきりではない。知夏ちゃんもいる。

「でもさ、楓は藤田くんのこと好きでしょ？」

その発言に私はひくりと口元を引きつらせる。慌てて周囲を見回し、藤田くんがいないことを確認してから、声の大きさを僅かに落とす。

「そんなんじゃないよ」

「嘘」

美来は確信しているように、口角を上げた。

「……なんでそう思うの？」

「目で追ってるじゃん」

「え、それだけ？」

「教室に男子なんてたくさんいるのに、藤田くんのことだけよく目で追ってるなんて答えみたいなもんでしょ。まあ、本当に違うなら、これ以上は聞かないけどさ～」

私は隠しているつもりだったのに、視線で気づかれてしまうなんて思いもしなかった。指摘されて、じわじわと頬が熱くなってくる。

「……そんなにわかりやすかった？」

肯定と悟ったらしく、美来は私の腕を掴んで廊下へと引っ張っていった。特に目的地もなく、ふたりで喋りながら廊下を歩いていく。

「楓、最近楽しそうにしてるから。なにかあるんだろうなーって」

「その、好きというか、気になっているっていうか……そんな感じ」

「ふーん？」

　これは信じてもらえていないなと察する。藤田くんが大事なのは変わりないけれど、好きと断言していい感情なのかわからない。

「じゃ、一度デートにでもいってみればいいのに。そしたら好きかどうかわかるんじゃない？」

「ええ……バイト先だって同じだし、気まずくなりたくないよ」

「関係変わるの、怖い？」

「……うん」

　私たちの中に恋愛を持ち込んでしまったら、壊れてしまうかもしれない。だから私は、必死に自分の感情をセーブしている。

「そんなこと考えている時点で、もう好きでしょ」

　美来の言う通りなのかもしれない。でも、自分で認めるのが一番怖い。藤田くんに想いを悟られて避けられる可能性だってある。関係が変わるくらいなら、このままがいい。

「クリスマスもバイト？」

「ううん、その日はシフト入ってないよ」

「悩む前に、とりあえず誘ってみたらいいのに。それで誘いにのってきたら、脈ありってことじゃん？」

「……美来、自分のときはどう思うって聞いてきたのに。本当は脈ありだから誘われたってわかってたんでしょ」

じとりとした目で美来を見ると、声に出して笑い出す。

「だって、そう思うよって後押しが欲しくってさ〜！　それに聞いてほしくって！　てか、楓って変わったよねぇ」

「そうかな」

「うん。話しやすくなった。考えてること口に出してくれるようになったじゃん？　だから、楓ならどう思うのかなーって聞いてみたくなるんだ」

変わったのは私だけではない。めぐみはひとりでいることは減り、展示を通して仲良くなった子たちと一緒に行動するようになっていた。美来もクラスの子たちと話すことが増えてきていて、良好な関係を築けている。

あれから私たちは三人でいることはなくなったけれど、関係が切れたわけではなく、美来とめぐみで話すこともあれば、私とめぐみで話すこともある。

寂しさもあるけれど、私たちにとって平和な日々を取り戻した。

「ごめんね」

美来の突然の謝罪に、どうしたの？と首を傾げる。

「私が今まで好き勝手してたせいで、楓たちは過ごしにくかっただろうなって」

グループの中心にいた美来は、私たちの進む方向を示すコンパスのようだった。

「美来がどんな反応をするのか、不安なときも前は多かったよ」

「……だよね」

「でも文化祭の打ち上げのとき、美来が率先していろんなことをしてくれて、そういうリーダーシップがとれるところが羨ましいし、憧れる」

「私にできることって、あれくらいだったからさ」

文化祭の打ち上げを教室でする計画を知った美来が、先生に許可を取りにいってくれたのだ。それに先生経由で、当日余った焼きそばやたこ焼き、飲みものなどをもらってきてくれた。美来のことを苦手にしていた子たちも、文化祭がきっかけでけっこう打ち解けたように見える。

「美来みたいな人は、クラスに必要だなって」

「なに言ってんの。必要じゃない人いないでしょ」

それは美来だからこそ、言えることだ。いなくてもいいというわけではない。だけど、その他大勢として埋もれてしまう人だって多くいる。

「私は海をテーマにしようなんてアイディアを出せないし、クラゲを上手に作れないよ。気分屋だし、楓みたく優しくなれない。それに全員が私みたいな性格だったら大変なことになってると思わない？　絶対毎日喧嘩する！」

冗談交じりに言いながらも、美来の眼差しは真剣だった。

「この教室に三十一人がいたから、あの展示ができたんだよ。だから、楓。私のことを諦めないでくれてありがとう」

「え……？」

「私が途中から都合よくやる気出して……放っておくこともできたのに、見捨てずに一緒にやろうって言ってくれたでしょ。だから、楓の優しさに感謝してる」

美来がくれた言葉はくすぐったさと嬉しさを感じるけれど、後ろめたさもある。声をかけたのは、私自身のためでもあって綺麗な感情だけじゃない。

「私は……優しくないよ。そう見せたかっただけで、実際自分のことばかりだった」

「自分をよく見せたくて優しいフリするのなにが悪いの？」

「それって相手にとっては嫌じゃない……？」

「私には、楓の優しさは嬉しいものだったんだからいいじゃん」

いい人ぶっている気がして、優しいという言葉を向けられるともどかしかった。だけど、偽善と思われるかどうかは、受け取り手によって変わるのかもしれない。

「私さ、前に楓のこと八方美人って言っちゃったでしょ」

「……うん」

「周りに合わせて言いたいこと言わないのって損じゃんって思ってたの。でも今は人と上手くやる大切さがわかる気がする」

クラスの子たちと話している美来は丸くなったように感じていた。それは美来なりに周りと合わせることを意識しているからだったんだ。

「八方美人って、よくないものだと思っていたんだ。でも……みんなにいい顔をして、なにが悪いんだろうって最近思うようになった」

人に合わせることができる灰色は必ずしも悪い色ではない気がする。私は自分の心を追い詰めすぎて、灰色異常を発症してしまっただけで、考え方が違っていたら灰色を纏っていても、発症をしなかったのかもしれない。だけどあの日々は、私にとって貴重な経験で、そのおかげで今がある。

「確かに。みんなと仲良くして悪いことなんてないのにね。……楓、あのときは本当ごめん」

自分を変えたいって思うこともあるけれど、なにもかも捨てる必要もない。私は自分らしさを、これからは守っていきたい。

「いたっ！」

美来の頬を指先でつねる。ぎゅうっと捻ってから離すと、美来が涙目になっていた。

「めちゃくちゃ痛い！」

「あのときのお返し！」

赤くなった頬を見て笑ってしまう。強くやりすぎだと言いながらも、美来は少しだけ申し訳なさそうに笑い返してくる。

傷ついた記憶は完全には消えなくても、自分の中できちんと気持ちの整理がつけられて、私の心は晴れ晴れとしていた。


その日の夜。バイトが終わると、知夏ちゃんと一緒にファミレスを出た。季節はすっかり冬になり、ダッフルコートとマフラー、手袋といった完全防備じゃないと凍えてしまいそうな寒さだ。

「今日さ〜、また担任に呼び出されて話したんだ。いじめをなくすって言ってくれたけど、私は無理じゃないかなって」

知夏ちゃんのクラスの担任の先生は、いじめている側の子たちや知夏ちゃんと何度か個別で話しているそうだ。

「いじめている側が興味を失うか、別の揉め事が起こってターゲットが変わるしかないと思うんだよね」

まるで生贄《いけにえ》みたいだ。共通の悪者を作ることによって、自分たちの居場所を確保する。そういう関係が学校には多く存在している。

「本当は転科とかもどうかかって言われたんだけど、この時期だと単位の問題とかあるみたいで……とりあえず退学だけは止められた」

「退学⁉」

足を止めて、大きな声を出してしまう。まさか知夏ちゃんがそんなことを考えているなんて思いもしなかった。

「あ、いや……ちょっと考えてたくらいだよ？　でも今はその気ないし、商業科のまま頑張ってみることにしたんだ」

振り返った知夏ちゃんが苦笑した。同じ年に生まれて、偶然近くに住んでいて、一緒の学校に通う義務があった中学校とは違う。高校は自分で選択ができる。

「けどさ、そういう道もあるって考えると、気が楽っていうか……まあ、退学してそのあとどうすんのって話なんだけど」

知夏ちゃんが、いずれあの高校からいなくなるかもしれない。

寂しさが押し寄せてきて、行かないでと縋《すが》りついて引き留めたくなるけれど、これは私のエゴだ。今も辛い環境にいる知夏ちゃんを救うこともできない私が、引き留める資格なんてない。

「そんな顔しないでよ～。今すぐ辞めるつもりはないよ。楓ちゃんや藤田とお昼一緒に食べるようになって、学校に行く楽しみができたし！」

「……うん」

「だけど、ちゃんと今後のこと考えていきたいって思うんだ。親にも最近相談してるところ」

この先、知夏ちゃんが学校を去る日が来るのかもしれない。

今は辞めたあとの進路を模索しているだけで、やりたいことが見つかれば、彼女はそういう道を選ぶ気がした。

「知夏ちゃんの選択を応援する」

それが私にできる唯一のこと。大事な友達の味方でいたい。寄り添える居場所でありたい。

「うん！　ありがと！」

笑顔になった知夏ちゃんの鼻は赤らんでいて、声が少し上擦っている気がした。北風が吹き、身震いする。私の手を掴んで、「ほら行こ！」と引っ張っていく。

「てかさ、楓ちゃんはクリスマスどこ行くの？」

十二月に入ったからか、この話題が増えてきた。

「特に予定はないよ」

「え、藤田と楓ちゃんシフト入ってないから、そういうことだと思ってたんだけど！違うの⁉」

「う、うん」

美来に続いて知夏ちゃんにまで藤田くんとのクリスマスについて聞かれるなんて、私はそんなにわかりやすいのだろうか。

「てっきりふたりで過ごすのかと思ってたよ」

腕を組みながら不服そうに知夏ちゃんが呟く。

「楓ちゃんからは、誘わないの？　せっかくふたりともバイト入ってないんだし」

「私から……」

藤田くんが私を好いてくれているのは接していて伝わってくる。けれど、その好意の種類は私と同じものなのか、それとも別のものなのかわからない。

私の勘違いで突っ走ってしまって、気まずくなるほうが嫌だ。それでも変わらない関係を維持するのは難しい。いつか藤田くんに彼女ができたとき、私は今のように傍にはいられなくなる。

「バイト終わると藤田って、楓ちゃんの帰り待ってくれてるでしょ？」

「うん、裏口あたりで待ち合わせみたいになってるよ」

約束をしたわけではない。けれど、私たちの中で、それがいつのまにか当たり前のようになっていた。

「私とシフトが被ってる日は、偶然会わない限り一緒に帰らないよ」

「え？」

「藤田ってけっこうわかりやすいと思うんだよね～」

寒い中、外で待っていてくれた藤田くんの姿を思い出す。待っていてくれる理由を、いいほうに捉えてもいいのだろうか。

『来月のシフトもう出した？』

ふと十一月の頭に聞かれたことを思い出す。『もう出したよと』と答えると、あまり興味がなさそうな反応をされて、すぐに話題が変わってしまった。もしかしたら〝意味〟があった質問だったのだろうか。

「楓ちゃん、顔真っ赤！」

からかうように指摘されて、手袋をした手で頬を覆った。淡い期待と困惑が入り混じって、初めての感情を持て余してしまう。

「明後日《あさって》、藤田とシフト被ってるよね！　頑張れっ」

肩を軽く叩かれる。まだ気持ちが追いつかないけれど、それでも変わることを恐れずに一歩踏み出すかどうか迷いが生まれた。

知夏ちゃんと別れて夜道を歩きながら、空を見上げる。冬の空気は澄んでいるけれど、星はあまり見えない。不意にあの場所に立ち寄りたくなった。私は元来た道を引き返して、足を進めていく。

明後日、藤田くんになにから話そう。どうしていつもバイト帰りに待っていてくれるのか、理由を聞いて想像と違っていたらどうしよう。それに私から二十五日空いているか誘っても、もう先約があると断られてしまうかもしれない。
コートのポケットに入れていたスマホが振動する。取り出して画面を確認すると、新着のメッセージが届いていた。
「えっ！」
相手は藤田くんで、驚きのあまりスマホが手から滑り落ちそうになる。ドクドクと心音が加速するのを感じながら、手袋を外して人差し指で画面をタップした。
《明日昼休み、担任に呼ばれたから飯行けない》
内容を読んで気持ちが萎んでいく。三人で昼休みを過ごせないことを残念に思いながら、返信を打つ。
《了解！　呼び出しってなにかあったの？》
《タバコのチェック。本当は放課後の予定だったけど、昼休みにしてくれって今日言われた。だから明日は別で》
ＯＫとスタンプを押す。このまま会話が終了してしまうのは名残惜しい。
《明後日、》
途中まで打って指を止める。これを送ったら逃げ道がなくなる。だけど事前に話があると言っておかないと、私は直前で怖気《おじけ》づいてしまいそうだ。

送るか、送らないか。迷っていると、画面にメッセージが追加された。

《バイトおつかれ》

他愛のないたった一言で、耳まで熱を持つほど気持ちが高揚していく。

――そんなこと考えている時点で、もう好きでしょ。

美来の言う通りだ。私はもうとっくに藤田くんのことが好きなのに、関係を変えないための言い訳ばかりを探していた。

緊張しながらも、人差し指で送信ボタンを押す。

《明後日、バイト終わったら話したいです》

するとすぐに既読がついてスマホが鳴った。今度はメッセージではない。着信だ。

通話マークを押すと、電話越しに藤田くんの低い声が聞こえてくる。

『話ってなに』

「え、あの、その……」

突然の電話に言葉が上手く出てこない。

『てか、まだ外？』

「うん。星の道についたところ」

『は？　ひとりで？』

「そうだよ」

長いため息と、コンビニの出入り口で聞こえる軽快な音楽が聞こえてくる。藤田くんも今外にいるみたいだ。

『そっち行く』

「え？」

『そこで待ってて』

電話だけでも頭が追いつかなかったのに、今から藤田くんがここに来る？

私が返す間もなく、電話が切れてしまった。

キラキラと光る星の道で行ったり来たりを繰り返しながら、気持ちが焦る。こんなにも早く話すタイミングが来るなんて思わなかった。まだ心の準備ができていない。

五分くらいすると、タイヤが擦れるような音が聞こえてきて、自転車のライトが見えた。静かな夜にブレーキ音が響く。

藤田くんは邪魔にならないように自転車を道の端のほうに停《と》めてから、歩み寄ってくる。白い息が何度も浮かんでは消えていき、急いで来てくれたみたいだった。

「ん」

コンビニのビニール袋を差し出された。中身を覗くとミルクティーとレモネードが入っていた。

「好きなの選んで」

「……くれるの？」

「寒いから」

ぶっきらぼうな話し方だけど、藤田くんはいつも気遣ってくれる。

「ありがとう。いただきます」

ビニール袋からミルクティーを受け取ると、じんわりと温かさが手袋越しに指先へ浸透していく。藤田くんは残ったレモネードを手に取り、キャップを捻ってひと口飲む。

「話って？」

本人を目の前にすると、さらに言葉が浮かばなくなっていく。

「えっと……」

「バイトでなにかあった？」

なかなか答えない私に、藤田くんは心配そうな眼差しを向けてくる。

「ううん！　違う！　ただ……」

ここまで来てもらっておいて、なんでもないとは言えない。明後日には話すつもりだったのだから、覚悟を決めるしかない。

「いつもバイト帰り、待っていてくれてるよね」

「は？　……まあ、帰り暗いし」

その言葉の中に特別な気持ちがあるのか、私には確証が持てない。それなら知夏ちゃんとは別で帰るのはどうして？　と言葉が喉元まで出かかって、口を噤む。

「迷惑だった？」

「違うの！　そうじゃなくて」

聞いたら、きっと私たちの関係は今と形を変えてしまう。

それでも――。

「私って藤田くんにとってどういう存在……？」

白い吐息が浮かんでは消えていく。無言のまま私たちは見つめ合う。

「どういうって？」

「その、よく一緒にいるようになったし、私は藤田くんと一緒にいるのが楽しくって、すごく大切で……でも藤田くんが本心でどう思っているのかわからないし……」

色が戻って、藤田くんの髪は黒だけど陽に当たると焦げ茶色に見えることを知った。好きな色が紺色なのか、スマホケースもバイト先で使っているボールペンも紺色だった。

鮮やかな世界を取り戻したことによって、彼のことを知ることができるのが嬉しかった。

だけどもっと知りたい。近づきたい。できたら隣にいたい。そんな欲がじわじわと心の奥底から湧き上がってくる。

「俺は笹原だから、今ここまで来たんだけど。他のやつだったら電話もしない」

どくっと心臓の鼓動が大きく脈を打つ。特別な意味だと受け取ってもいいのだろうか。

「私、藤田くんのこと……」

今までの感謝と想いを伝えたいのに、続く言葉が出てこない。

「こっち来て」

一台の車が通り、引き寄せるように私の手を掴む。繋がれたまま、キラキラと輝く星の道を渡り、自転車を置いている端へと寄った。

もう帰るのかもしれない。この夜が終わる前に明確な言葉にしたかったのに、肝心の二文字が出てこない。

私から手を離し、自転車のカゴにレモネードを入れた藤田くんが振り返る。

「もっとちゃんとした言葉にしたほうがいい？」

落ち着いた声音に引き寄せられるように私は頷いた。再び向かい合うと、外気で冷え切った耳に、藤田くんの声が届いた。

「俺と――」

本当に彼が言っているのか疑ってしまうほどの、真っ直ぐな言葉に目を見開いた。顔に熱が集まり、恥ずかしさよりも幸福感に満たされていく。

「……はい」

私の返答に、藤田くんが目尻を下げて微笑む。こんなにも穏やかな彼を初めて見た。それに普段よりも耳が赤い気がする。冬の寒さのせいなのか、それとも別の理由なのか、気になってまじまじと見つめてしまう。

「見すぎ」

藤田くんは片手を伸ばして、私の目を塞《ふさ》いでくる。そして唇になにかが触れた。すぐに手は離れていき、藤田くんが背を向けてしまう。

「送る」

それだけ言うと、停めていた自転車のスタンドを足で上げて、引きながら歩き始める。なにが起こったのか、さすがに自分でもわかる。今にも心臓が飛び出そうで、頬が先ほどよりも熱い。けれど、口元が自然と緩んでしまう。

レモネードの甘くて優しい味が、ほんのりと残っていた。

あとがき

作者の丸井《まるい》とまとです。『さよなら、灰色の世界』をお手に取ってくださり、ありがとうございます。

表紙を描いてくださったのは、萩森《はぎもり》じあさんです。瞳の色がカラフルで、流れ落ちる涙も印象的でとても素敵です。

本作は、学生の頃に友人たちと遊んでいたオーラ診断を思い出しつつ執筆しました。みんなそれぞれ色が違っていて、「この色がよかった！」とか「この色っぽい！」など言い合って、盛り上がっていたのが懐かしいです。

それと自分がなに色のイメージを持たれているのかを聞いたことがあるですが、中学の頃はピンク、高校では黄色、専門学校では青緑と言われました。見事にバラバラで、環境や相手によって色が異なるのがおもしろいです。

身につけているものから連想することも多いと思いますが、色の持つ性格イメージもあるので、聞いてみるのも自己分析のひとつとして楽しいです。今考えてみると、そういった会話も創作の糧になったのかもしれません。

私は学校や家をメインにする作品を書くことが多いのですが、本作では教室以外にも居場所を作れるということを書きたかったため、バイトという要素を入れました。イチゴソースにミルク入れて混ぜるメニューは、実際に作って飲んだのですが、おいしくておすすめです。

また、番外編で知夏が学校を辞めるか悩んでいましたが、続けることも、辞めることもどちらも大事な選択だと思っています。もちろんその先など、考えるべきことはたくさんありますが、いつだって私たちの中に選択肢があるということを忘れずにいたいです。

小説投稿サイト「ノベマ！」にて、『さよなら、灰色の世界』の特別連載をしていただいています。書籍版では、番外編は楓視点ですが、「ノベマ！」の連載では藤田視点です。楓が話したいことがあると言ったときに藤田がどのようなことを考えていたのか、覗いていただけたら嬉しいです。

最後まで読んでくださった皆さま、そして携わってくださった全ての方々に感謝申し上げます。

またどこかでお会いできますように。

丸井とまと

この物語はフィクションです。実在の人物、団体等とは一切関係がありません。

丸井とまと先生へのファンレターのあて先
〒104-0031　東京都中央区京橋1-3-1　八重洲口大栄ビル7F
スターツ出版（株）書籍編集部 気付
丸井とまと先生

さよなら、灰色の世界

2023年1月28日　初版第1刷発行
2024年3月4日　　　第5刷発行

著　者　丸井とまと

発 行 人　菊地修一
デザイン　フォーマット　西村弘美
　　　　　カバー　長﨑綾（next door design）
発 行 所　スターツ出版株式会社
　　　　　〒104-0031
　　　　　東京都中央区京橋1-3-1　八重洲口大栄ビル7F
　　　　　出版マーケティンググループ　TEL 03-6202-0386
　　　　　（ご注文等に関するお問い合わせ）
　　　　　URL　https://starts-pub.jp/
印 刷 所　大日本印刷株式会社

Printed in Japan

ISBN　978-4-8137-1386-9　C0193

スターツ出版文庫　好評発売中!!

『君が永遠の星空に消えても』　いぬじゅん・著

難病で入院している恋人・壱星のために写真を撮る高２の萌奈。いつか写真の場所にふたりで行こうと約束するが、その直後彼は帰らぬ人となってしまう。萌奈は、流星群が奇跡を運ぶという言い伝えを知り「どうかもう一度だけ会いたい」と願う。すると――壱星が元気な姿で戻ってきた。みんなの記憶からは彼が死んだ事実は消え、幸せな日々を取り戻したかのように見えたふたり。けれど、壱星のよみがえりにはリミットがあると知って…。二度目のさよならの瞬間が迫る中、萌奈が見つけたふたりの再会した本当の意味とは――？

ISBN978-4-8137-1370-8／定価704円（本体640円+税10%）

『死にゆく僕が、君に嫌いだと告げるまで』　加《か》賀《が》美《み》真也《しんや》・著

心臓に重い病を患った優太は、幼馴染の天音に想いを寄せていた。天音と過ごしている間だけはつらい現実を忘れられ、イラストレーターになるという彼女の夢を応援する優太。一緒に過ごしながら、ふたりは互いへの想いを再確認していく。しかし優太の命は着実に終わりへと近づいていき…。「嫌いだよ」誰よりも愛おしい存在を守るために優太は嘘をつく。だが、嘘をついていたのは優太だけではなかった。「――聞いて。私はまだそこにいる」訪れる別れのとき、優太は天音の真意を知ることになる。

ISBN978-4-8137-1373-9／定価660円（本体600円+税10%）

『龍神と許嫁の赤い花印二～神々のための町～』　クレハ・著

龍神の王である波琉の伴侶として認められたミト。村の一族から虐げられていた牢獄のような日々から抜け出して早三日、龍花の町で波琉の腕の中、ミトは幸せに包まれていた。ミトは龍花の町の学校に入学し、憧れの高校生活を夢見ていたけれど…。学校では花印を持つ皐月や、ありすの登場で、ミトの身に怪しい影が近づき――。「ミトの大事なものは全部守るよ」と颯爽と波琉が現れて…⁉　シリーズ累計100万部突破の『鬼の花嫁』著者の最新作和風ファンタジー。

ISBN978-4-8137-1372-2／定価638円（本体580円+税10%）

『鬼の若様と偽り政略結婚二～花嫁に新たな求婚～』　編《あみ》乃《の》肌《はだ》・著

花街の下働きから華族の当主の女中となった天涯孤独の少女・小春。病弱なお嬢様の身代わりに、女嫌いで鬼の血を継ぐ高良のもとで三か月だけ花嫁のフリをするはずが、「俺の花嫁はお前以外考えられない」と求婚され、溺愛される日々。しかし、家柄や身分を気にする高良の父に、小春は結婚を反対されてしまう。そんな中、鬼を生む“鬼物”が巷を騒がす事件が起こり、高良は鬼火で事件から小春を守るが…。事件で出会った祓い屋・佐之助が、なぜか小春をずっと恋い慕っていたと、高良へ恋敵宣言までし始めて――⁉

ISBN978-4-8137-1371-5／定価660円（本体600円+税10%）

書店店頭にご希望の本がない場合は、書店にてご注文いただけます。